广西美术出版社

◎ 洪再新 著

寻找马孔多

哥伦比亚十日随笔

献给土木和马孔多故乡的友人

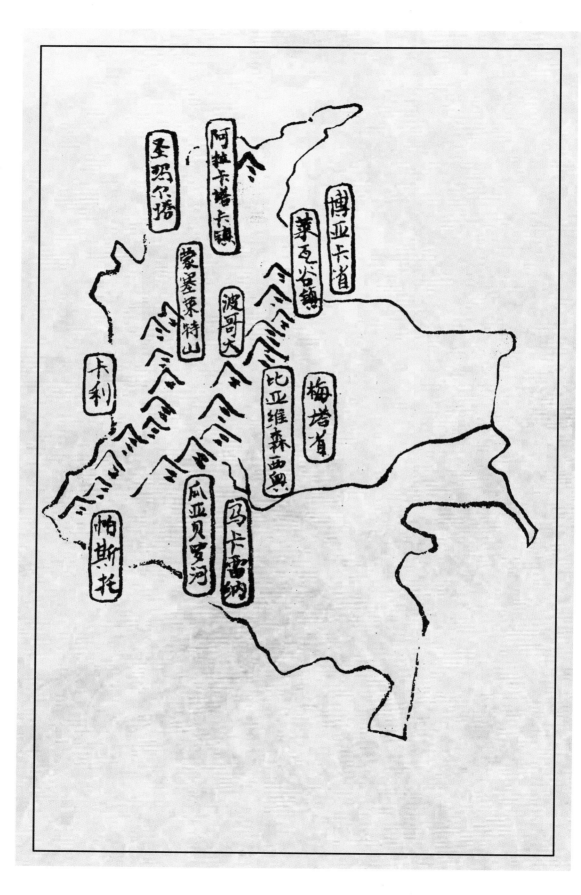

都说人类的旅行经验有相似之处：到某个陌生之地，一周的所见所感，可以写成一本书；一个月后，只能写成一篇文章；一年下来，恐怕连一句话也概括不出。记得1980年大三的上学期，全部考试结束的当晚，我就坐火车离开杭州，开始为期四五天的大西南暑期独行，到头连半篇《黄果树游记》也没有成稿。这次我初访南美洲的哥伦比亚（图1）的十天，岂非也难逃"所知有限、可道无穷"的悖论？

这个有限—无穷的吊诡关系，并非抽象的概念，而是综合的观感和体验。追忆十天的游踪，全部的依据，可借用人类学家迈克尔·陶鑫（Michael Taussig，1940—　）在哥伦比亚40年的实地考察的书名来概括："我起誓这都是亲眼所见。"由于个人爱好与职业习惯，艺术及其历史，赋予我所有的自信，能够信笔写来。和"一千个读者就有一千个哈姆雷特"一样，在哥伦比亚寻找《百年孤独》中的马孔多，无异于是对人性的不断感悟和无穷解读。

纯属巧合。在我去哥伦比亚前三个月，先是中国国务院总理带了作家协会的重量级人物，去世界现代文学巨匠马尔克斯（Gabriel García Márquez，1927—2014）的故乡参观致意；而后在我离开那里后的三个月，哥伦比亚总统又为该国绘画大师费尔南多·博特罗（Fernando Botero，1936—　）在中国国家博物馆的个展（图2）作序推毂。我短暂的见闻，若从中国和拉丁美洲文化交流的立场而言，便有了看似相关的上下文。

然而这些并非我写十篇随笔的初衷。

如果没有个人的缘由，我不会对内人张欣玮安排的一次南美度假这么信心满满地铺张陈述。我所了解的哥伦比亚，除了曾一口气读完《百年孤独》中译本，剩下的只有一位来自哥伦比亚的友人土木（Luis Gabriel Cantillo）。土木和我在杭州母校中国美术学院认识。他是跨媒体艺术学院邱志杰兄的博士生，2013年选过我的《海外中国画研究评介》讲座系列。我曾引用他一篇作业，评论普林斯顿大学中国艺术史家谢柏轲（Jerome

图 1
南美哥伦比亚游踪
（波哥大、梅塔省和博亚卡省为笔者走访的省市）
笔者手绘。

图 2
中国国家博物馆"博特罗在中国"展览广告，
2015 年 11 月 20 日，
Adrien Bernard 摄影，
Marco Chan 设计，
中国国家博物馆提供照片。

图3
中国美术学院跨媒体艺术学院和版画系
于 2014 年 10 月联合举办的"想象孤独的
10+N 种方式"插图展广告。

图4
加西亚·马尔克斯和《百年孤独》
中文授权版。

Silbergeld）的学术研究。

由于土木的关系，我开始回想内人近些年来的拉美行踪。她是心理学家，因工作需要，常利用假期去拉美国家修西班牙语课，了解当地文化，包括墨西哥、秘鲁、阿根廷、厄瓜多尔、尼加拉瓜、哥斯达黎加，丰富多彩。我不教拉美艺术，所以都没有同行。只和她在2012年去了墨西哥的避暑胜地坎昆，因为附近奇琴伊察的玛雅金字塔（又称羽蛇神金字塔），画有玛雅历法——其推算的世界末日就在那年12月21日，对我了解拉美印第安文明的书写传统，有直接影响。2014年下半年，当内人考虑去哥伦比亚学西班牙语，我想也搭顺风船，去哥伦比亚看看，还可能和土木在波哥大见面。对这次的行程，我没过问任何细节，内人一手操办，由她直接与土木接洽相关事宜。

2015年开春定好机票后，土木来函询问，是否可以到他的母校国立哥伦比亚大学美术学院做个公开讲座。我欣然同意，这将使度假增添一层学术意义。至于讲座的内容，土木说由我自选，因为哥伦比亚美术界对中国艺术史总体上比较陌生。鉴于美洲印第安文明独特的书写传统，我就把"中国话语：现当代艺术中的书法"一题，寄给土木参考，并邀请他夏天在我课上做一个关于中国和拉美艺术交流的报告。这样的安排，将让我和近150位研究生领略哥伦比亚当代艺术中的二三侧面，包括土木在国立哥伦比亚大学的老师1986年6月在北京中国美术馆举办"哥伦比亚留学中国艺术家五人画展"和土木本人新近参加拉美留学中国学生艺术展的作品。在我回杭州讲学期间，还听跨媒体艺术学院院长高士明兄说，该院和版画系佟飚教授联袂，曾于2014年10月联合举办了"想象孤独的10+N种方式"插图展（图3），并邀请《百年孤独》中文授权版（图4）译者范晔教授做专题讲座。加西亚·马尔克斯2014年4月17日谢世，使那次活动成为对这位巨匠的追忆。插图展还出版成连环画，由土木作水墨山水立轴，诗堂篆额"马孔多图"，标明主旨（图5）。当然，这些都只是我对于哥伦比亚间接、局部的印象。

整个假期我的艺术史研究和写作日程排得很紧，顾不上阅读关于哥伦比亚的相关介绍。但不知何故，以往内人的拉美诸国之行皆平安无事，从未让我分心，唯独这次使我担惊受怕。她2015年7月中旬先行到达波哥大，比较其他拉美国家的首都城市印象，感觉非常之好。可是三天之后，竟遭歹徒持刀抢劫，当即感受到拉美社会的另外一面。此时的土木，人还在中国，鞭长莫及。不言而喻，8月初我和土木聚首，无疑可以减缓内人的紧张情绪，好让后面的度假有一个不同的结局。但劫案的发生，就像一道阴影，始终笼罩着我十天的行踪。

我是8月5号早上离开美国西海岸的家。那天早上冲澡时，眼前出现了我接下去要面对的现实：艺术与我们不完美的世界。获得这一灵感，我把去土木母校做讲座的内容简单做了编辑，用小U盘将幻灯片存档，连手提电脑也没敢带，就匆匆去了机场。

这一路上，"艺术与我们不完美的世界"这个话语，仿佛是哲学家卡尔·波普尔（Karl Popper，1902—1994）《追寻更加美好的世界》（*In search of a better world*）一书的反题，始终萦绕在我的脑际。因为对我、内人和土木而言，后面的十天，全然是未知数。

图 5
[哥伦比亚] 土木：
《马孔多图》并诗堂篆额，
水墨纸本，
136 cm×69 cm，
2014 年，
邱志杰藏

在这样提心吊胆的未知旅程中，我展开了对马尔克斯笔下的"马孔多"的观察、体验和思考。等这段难忘的经历即将结束时，千头万绪涌上笔端，顿时从景观、民众、理念三个方面，形成10篇随笔的结构，权作蠡测管窥。个性化的笔录，既独立成章，又相互关联，并用"艺术与我们不完美的世界"，作为认识自己、他人、社会和自然的一份参照。

在我喜爱旅行的大半生经历中，十天只是一个瞬间。这些见闻之所以值得成文，还是因为把我吸引到哥伦比亚的友人。

他就是绘制《马孔多图》、满世界寻找马孔多的土木。

2015年中秋于美西普吉海湾积学致远斋

一、景观编

1.

"彩虹河"

游历各国，国家公园总是我的首选。这次对我尚未涉足的南美洲，也不例外。我和土木在杭州初识时，曾谈及从互联网上瞥见哥伦比亚国家公园的壮美景观。但没有记具体的方位名称，心想有朝一日，会在哥伦比亚搞个水落石出。

从内人在波哥大遭劫后的电话中，得知她联系去一处自然奇观的落实情况并不顺利，好在只付了一半的押金，如果真去不了，也就只好认命。在我收到内人寄来的十天行程安排时，一切都像在云里雾里，不清楚东南西北。我唯一知道的是哥伦比亚的地质地貌，各种景观一应俱全，让我联想到我们一家2014年圣诞节在美国夏威夷度假的大岛（the Big Island）。

从西雅图—塔可玛机场出发，我的航班途径旧金山、休斯敦两站，最后飞往波哥大。飞机上，我取出《哥伦比亚导游手册》（*Lonely Planet Publications Pty Ltd*，2006年），想找到要去的自然奇观。我不是不知道导游手册要用最新版，可问题是，难道过时的手册中观光地图上那么多空白，也包括了我们的去处？

带着这样的困惑，我到了波哥大。时间是8月7号清晨5时。

走出机场，才意识到波哥大现在是冬天，对比北美洲的盛夏时节，习习寒意，别有意味。没有悬念，土木如期出现在出口处。航班稀少，旅客也有限，我们很快走到他停车的地方。他75岁的母亲坐在车内，等候我们，让我很不好意思。

土木的家在哥伦比亚首都北面的齐亚（Chia），距离机场32公里。留学在外18年，要在一个700万人口的都市开车，不能保证熟门熟路。但有波哥大长大的母亲在，心里会踏实些。

机场离东面的市中心9公里。一出来，我们直奔内人下住的家庭旅馆（Airbnb）。高速公路两旁，行人稀少，但周围的景物，一点点清楚起来。也许我还没有意识到，这是南美海拔最高的三个首都之一，达2640米。我们朝东向山脚一面，进入城市较安全的街区。等到了67街的

图 1–1
从海拔 3152 米的蒙塞莱特山山顶，由东面西，饱览哥伦比亚首都的壮观景象，笔者拍摄。

住宅区，天色已经大亮。需要说明的是，这个街区相对安全，路边设有保安亭，晚上有专职看守。

放下行李后，我们去附近的小餐馆吃早饭。

没走几步路，来到了一个街角的小店。狭小的店面，就我们四人。撑足了，能坐上十来个人吧。啤酒箱后面是洗手间，手纸要自备。大概是感觉新鲜的缘故，我到店门口各处张望。因为靠山，抬眼看竖立的山峰，还遮住清晨的阳光。而邻近的住家，三三两两，陆续开始出现行人和车辆。

早餐有哥伦比亚人喜欢的土豆牛肉汤，很对我的口味。清汤炖的牛肉骨头，加上土豆和些许香菜，全用当地的食材，色、香、味俱佳。很快，一大碗清汤落肚，非常满意。我在中国改革开放前，知道苏联赫鲁晓夫宣传的共产主义生活，以"土豆加牛肉"为目标。看来波哥大乃至整个哥伦比亚4300万平民百姓，就从共产主义生活开始他们的每一天，令人好生羡慕！

这家街角小店，就一个老板照顾全盘，连带卖些烟酒零嘴，比我小时候在杭州的烧饼油条店品种丰富多了。和现在中国的大众早餐比，当然规模小多了。

这就是波哥大迎接我的第一个早晨。

到了下午，参观完哥伦比亚国家博物馆，土木驱车带我们去蒙塞莱特山（Mount Monserrate）。从山脚坐缆车到海拔3152米的山顶，由东面西，饱览哥伦比亚首都的壮观景象（图1-1）。波哥大的地势，东北面有高山为屏障，城区向西面平行铺展，格局开阔，堪称拉美一大都会。天公作美，夕阳余晖中，波哥大不凡的气势，尽收眼底。

第二天，我们离开波哥大，乘旅游公司安排的包车去东南面75公里外的梅塔（Meta）省的省会比亚维森西奥（Villavicencio，见图1），再从那里坐飞机去西南面的马卡雷纳（La Macarena）的自然奇观。同行还有内人在西班牙语学校的同学，一对来自美国加州的母女，母亲叫安吉拉，女儿索菲娅，在读小学五年级。她们喜爱户外活动，大家很快就玩在一起。

从地貌上讲，离开波哥大，就是一步步开往南面的平原地区，海拔急速下降，气候也因为靠近赤道，变得越来越热。

从波哥大中心出来，小车穿越了贫民区。放眼看去，国道两旁，不是栉比鳞次的高楼大厦，而是如同蜂窝的简陋屋棚。这种区域，其犯罪率高是情理之中。我们的司机，一位有经验的本地人，也格外留意。这时，在相反方向的国道上，出了严重的交通事故。围观者在中间区隔的地方，层层叠起，影响到我们这边车道的行进速度。4天后回来同样要走这个地段，估计会是在天黑以后，不禁令人担心。

总算司机告诉大家，车已出了波哥大。一路下坡，窗外的景物，像一轴长卷。山色葱郁，云雾出没，大有脱尘出俗的意境。

但同一条国道上，警察的摩托车也常从我们边上呼啸而过。随后见到一个个哨卡，士兵都是荷枪实弹，如临大敌。3个多小时后，我们进入了比亚维森西奥，司机选了一条小道，路旁是百万富翁们的豪宅，用高墙圈出。再往前行，就进入了老城区。

这里的旧城，街道完全没有章法，建筑也杂乱不堪。我们入住的比亚维森西奥旅店，是在闹市区中心。比较周围的房屋，旅店蛮像样的。门卫腰间佩有真的手枪，好像在提醒我们新的生活常态。

我忽然意识到，这就像是英国维多利亚时代小说家狄更斯（Charles Dickens，1812—1870）《双城记》的新编。刚刚在波哥大郊外所见的画面，现在出现在省府的旧城中心，无序的规则，便是我们需要留神的地方。

同伴下午有郊游活动，我们则考虑外出吃中饭。走了几条街，熙熙攘攘，但没有找到想去的饭店。换了方向，走到销售汽车零配件的街道，到处是机油的味道。到午餐的时光，沿街有卖烤乳猪饭的摊子，各种气味串在一起，让人无法停留下来。于是又返回去旅馆的方向。

这里的快餐店，生意兴隆，只是口味不对。实在没什么选择，就在沿街的一家饼店坐下，因为前一天在国家博物馆的餐厅，对一种夹料的烤饼印象还不错，我们点了一份，就着巧克力茶，算做中饭。一边吃，一边看着人来人往、车水马龙的繁忙街景，把我带回中国20世纪八九十年代的县城，尽管杂乱无章，但却生机勃勃，充满社会流动的活力。

回到旅店，午休了一会儿，我们上到五楼顶层的餐厅。那里有一小的泳池，三两个住客在泡水。这是一个山脚下的省会，高山为其屏障，直插云端。蓝天之下，阳光透过浮动的白云，带给这个喧闹的地方几许宁静。从餐厅的围栏往下俯瞰，正对着一个不大的公园，凌乱不堪。这可能是因为旧城改建，见不到一块整洁的市容。即将被拆除的老屋，屋顶都被掀空了。沿街堆着货袋或者垃圾，路人在那里解小手，毫不介意。

图 1-2
马卡雷纳的田园景象，
笔者拍摄。

隔一条街，就停着连接省会和地县的大小面包车，通往四面八方。午饭时看到面包车的售票员，他们的叫卖吆喝，使本来已经很喧闹的气氛，更加充满变数。城市化的趋势，大概在他们身上，体现得最为具体。

正好是下班的高峰时间，天色放黑，红灯一亮，路口便出现长龙。此时的山城，也很快被暮色笼罩，由杂乱的灯火，重新勾画出它的面容。

直到我们吃完晚餐，没有第二桌客人出现。这时已经快晚上9点了。内人说，她在路上看到一家中餐馆，名字叫"杂碎酒家"。我没有注意到，但觉得这个名字非常响亮，大有"魔幻现实主义"的意趣。其实，我们在马路上和旅店顶层的所见，从晌午到入夜，真真幻幻，难以形容。

从比亚维森西奥的机场飞往梅塔省西南角的马卡雷纳，是值得一提的旅程。我坐过的短途航班通常为40—50分钟，从西雅图到温哥华。螺旋桨飞机，大约载20—30位乘客。不过这次去马卡雷纳，一小时左右的航程，却是10座的小飞机。在省会机场大厅一侧，马卡雷纳生态旅游公司（Eco Turismo Macarena）独立经营，有整套的人马，从票务、行李检查到装运，统统一手完成。从早上8点离开旅店去机场，再到飞机起飞抵达目的地，用了整个上午。而安检部分，则属于国家边检官员的份，公事公办。这也解释了为什么内人先后费了那么大的周折，最后才落实了这趟行程，因为越往边远地方，交流的语言越本土，其服务的对象大多是拉美乘客。

我们的航班，有两个年轻驾驶员，我们一行四人，一对女胖男瘦的瑞士游客，还有两位本地的中老年妇女。可喜的是，当小飞机在低空飞行时，下面的景观，把我们带入了广袤的南部平原。可以这么说，省会出来，一小时的空中所见，基本上是无人的原野，混浊的江流，成片的树林，仿佛从未被开发的处女地。事后查网上的资料，哥伦比亚安第斯山脉东面54％的国土，只有1％的人口。这和波哥大在世界上名列前茅的人口密度形成巨大的反差。

和天上的云层一样，这无边无际的自然景象（图1-2），把我心目中的双城，一下遮蔽起来，置之脑后。

图 1-3
马卡雷纳机场的小型
客机和骡拉板车，
张欣玮拍摄。

也许这就是旧导游手册所忽略的地方？

也许这就是神奇自然隐身不见的所在？

也许这就是我来哥伦比亚的真正去处？

飞机降落到马卡雷纳。我被眼前的一幕场景吸引住：来接运行李的，是村里的骡拉板车。我和内人都拍下这个很有趣味的文化现象，因为简陋的机场设施，恰好映衬出一个十分正面的地方形象（图1-3），这就是生态旅游的一种体现，减少碳排量。

原来从各地到马卡雷纳，公路交通非常不便。哥伦比亚政府曾有水路大型开发计划，但没有实施。所以，航线就成为国内外游客唯一的出入途径。等我们返回时，所坐的飞机连驾驶员一人在内，就6个位置，是我迄今航空旅行中坐过的最小机型。哥伦比亚的特殊地貌，如山地、平原和漫长的东西海岸线，使它以发达的民用航空业构成连接全国各地的交通枢纽。试想，没有如此多样的民航服务，国内和国际的沟通，在地貌变化极大的国度，会是怎样的局面？

在乡村机场，我知道了现在所处的环境。四周全是树木。出关要交纳关税，接受边境检查。从国民军到当地警察，全副武装，又让人感到紧张的气氛。机场一侧就是兵营，军用直升机从那里不时起降，好像正在备战之中。

而接待我们的村里人，穿着生态旅游公司的工作服，不紧不慢地把我们登记在案。行李已经由骡车拉到什么地方,而我们不知是去客栈,去吃饭,或是去看自然奇观,一切等待吩咐。所有交流都用西班牙语,内人能听懂大半,她的同学有墨西哥血统,对话水平更高。通过他们的转译,我也略知一二。

根据梅塔省观光局和生态旅游公司的规定,所有来客下了飞机,先要去当地的会堂看英语/西班牙语的录像片,作为介绍马卡雷纳山脉国家公园的开场白。一路走去,经过兵营,看到附近住家的马棚、库房,好像走进了一处农庄。

等到了录像室,我已经热得不行,赶快脱去两层外衣,重新回到了夏天。

这部15分钟的录像片,不同于我心目中国家公园大山大水的形象。马卡雷纳有地球上独一无二的生态奇观。这是在贯通哥伦比亚和委内瑞拉的奥里诺科河流域,上游瓜亚贝罗河(Guayabero)的一条支流叫水晶峡(Caño Cristales),长约100公里。其溪流中长着名叫河苔草(Macarenia clavigera)的一种草本植物。它对水位和日照有特殊的要求,从7月底到11月之间,绽放多彩的花叶,姹紫嫣红,被誉为"彩虹河"(图1-4)。在雨季和旱季交替的半年时间里,这条世界上最美的河流,成为全球生态旅游的新热点。美国《国家地理》杂志2013年第12期曾有特辑介绍,内人做了追踪,决定看这个国家公园,可惜我没留心。"彩虹河"分布在与游击队交界的区域内,哥伦比亚政府军只守卫靠近马卡雷纳大部分的河段,难怪我用的2006年旅游手册,整个梅塔省在观光地图上是一片空白。

有了这个简介,下面的谜底就和这方奇异水土以及它所养育的百姓有关了。

从录像室离开,我们回到机场出口的那条主街。主街的一侧,是各种店面,连接着村里的民宅,构成一个聚落。街面坑坑洼洼,交通工具有小机动车、摩托车,还有马车。主街的另一面,是个开阔的公共广场,通往村里的天主教堂。整个广场的绿化很好,大树参天。教堂两侧分别是旅馆、饭店、歌舞厅、小卖部。比较省会的旧街格局,这个村落的布置,有些像世外桃源。

这个乡下聚落,成为梅塔省南部地区2万多人口的中心。我们也终于在一家客栈安顿下来。客房有卫生间,各种设备尽管简单,但很整洁。院内有小果园、游泳池、洗衣房、食堂以及餐厅,算得上全村的五星宾馆。满院子的热带花草,吐蕊绽放。一棵大树旁,拴着一只大公

图 1-4
"彩虹河"一景，
张欣玮拍摄。

鸡，清晨啼鸣报晓。

接下来我们的四天活动，每天就从这个中心开始，又在这个中心结束。负责我们一组六人的，是本村的杰希卡·洛佩斯（Jessica López）小姐。这名字也绣在她每天不同颜色的工作装上。头天晚上的全村文艺聚会，招待我们各个旅游团的成员。主持晚会的中学老师（西班牙语称为"教授"），特意把杰希卡和另外几个导游拉到台前介绍一番，很为他培养出来的学生感到自豪。

由于我事先的准备不足，杰希卡带全队人马到对面街上的小店看看。我买了游泳裤、遮阳帽和防晒的长手套等，外加一双凉鞋。索菲娅也添了凉鞋，还用零花钱买了零嘴。

于是我们就上路了。从客栈到码头，才几分钟的距离。这瓜亚贝罗河水，湍急浑浊，河道两边的景观都很荒野，除了有组织的旅游团，很少见到老百姓。倒是政府军的官兵，荷枪实弹，不时可见。穿上救生服，坐上窄长的机动舟，船夫很快行驶到了对岸的军事检查岗。一艘装有机关枪的冲锋艇停泊在树荫旁，由军官检验我们的登记信息。不

图 1-5
"彩虹河"分布在与游击队交界的
区域内，
笔者拍摄。

用说，这天的关卡很紧。放行后，机动舟逆流上行，约莫一刻钟时间，我们到了对岸。从那里再坐小卡车，一路颠簸，半个多小时后，来到一个临时搭起的屋棚，棚内卖些日用杂物，四周有几个军人站岗。

在这个小屋棚前，有帆布遮阳。离开客栈前，每人要按规定带两瓶水，杰希卡给我们每人一个饭包，用芭蕉叶包扎，自己带走。打开饭包，是牛肉炒米饭，还有芭蕉、豆子等。大概是饿慌了，这顿中餐真的特别可口。两个瑞士人吃素，胖子没碰饭包，瘦子吃了米饭，就把没碰过的荤腥，给了开车的驾驶员。杰希卡带来了一桶柠檬汁，大家也很快喝完。她把每个人的饭包剩余物集中在一起，寄存在屋棚的主人那里。

饭毕，我们继续上路了。这个屋棚，只是一个起点而已。后面的路，就要仰赖导游，每天走出不同的线路。这些我们事先并不知情，因为没有全球定位系统（GPS）可以划定行进的线路。

才走一小段路，前面的溪水中就有紫红色的水草，贴在岩石表面，经过溪水的浸泡和过滤，加上下午的日光照耀，色泽鲜亮。这就是"彩虹河"的头彩了。

一路上，不时碰到过往的士兵。在进入长有绿色河苔草的溪涧前，路过一个兵营。天上有时出现军用直升机，显得很忙碌。当我们从水潭游泳返回屋棚前，看到了一架白色的民用直升机停在平展的牧场上，一位文职官员向它走去，一旁的军用直升机也正准备起飞（图1-5）。后来据村里的人说，这天哥伦比亚总统来这里考察。水陆空如此繁忙的军事警戒，原来和国家首脑的巡访有关。

在这偶遇的现象背后，有着复杂的地缘政治因素。我在离家前，曾电邮给我任教的普吉海湾大学一位同事。她前不久到哥伦比亚旅行过，我希望了解有关安全方面的情况。发信后，我感觉用"治安"（security）一词，语气可能重了一些，似乎"个人安全"（safety）一词更为恰当。等我到了梅塔省所在的奥利诺科地区，从沿路军事设防的情况观察，才知道我要问的，是广义上的"安全"概念，因为政府和游击队的战事，很长一段时间，就是在靠近赤道的热带丛林中交手的。曾有两千无名牺牲者，集体葬在马卡雷纳一带，近年曾引起国际舆论的关注。

据杰希卡说，梅塔省会比亚维森西奥的实业家，在10年前开始投资马卡雷纳的生态旅游，我们住的客栈、两旁的餐厅、歌舞厅，都是私人产业，2009年正式对外开放。这样说来，2006年版的《导游手册》忽略"彩虹河"是情有可原了。而政府军出面维持地方安全，有双重含义。不仅保障国家的经济发展，同时对自然生态也是一种保护。这听起来就和生态旅游一样，本身就像一个悖论。据统计，这一带有鸟类420种，猴类8种，蛙类10种，爬行类动物43种。就在机动舟来回的路上，河道一侧的林荫下，可见一族一族的乌龟，栖息在枝干上。而当地的水鸟，也在这片树林中筑巢繁衍，数量可观。岸边的牧场上，躺着三两组奶牛，恬然自得。就在这样的田园气氛中，天空中会响起军用直升机的轰鸣声，就像回到马卡雷纳村码头，迎面所见，还是先前的军用冲锋舟。

图 1-6
世外桃源一角，
笔者拍摄。

我们的四天行程，是每天沿一条代表性的溪流走，欣赏"彩虹河"的自然奇观。因为我不通西班牙语，无法和杰希卡这样的本地导游深入交谈。通过内人，我问她是何时知道这些溪流的？她说小时候随家人到这些景点来玩，在读小学、中学时，老师也组织过郊游活动。对马卡雷纳的小孩、大人而言，这些五彩缤纷的岩石穴潭和水草植被，早已成为他们文化认同的有机组成部分，不可分割。杰希卡文静的性格，使她在介绍景点时，点到为止。从某种意义上讲，这样静观式的欣赏，是我更喜欢的（图1-6）。

图 1-7
作为水生草本的河苔草科，
笔者拍摄。

从生态学的角度，自然奇观的形成有其特殊的环境。我很好奇，水晶峡的溪流中，据说唯独没有鱼类。后来知道，那也是马卡雷纳河苔草得以生存的一个条件。作为水生草本，它是植物学里河苔草科48属约270种中的一种（图1-7）。其拉丁学名是把马卡雷纳的地名冠于苔草植物前，表示它的本土性。一年生，扁平或枝状的叶状体，形似苔、藓、藻类或地衣。没有根系，靠根状物依附在峡谷河床的洞穴碎石上，在河流，甚至湍急的瀑布中存活。几条水路所呈现的淡蓝、嫩绿、鲜黄、殷红、绛紫五色水

图 1-8
"彩虹河"一景，
笔者拍摄。

草，和12亿年前形成火山岩石并置，一短暂，一长久，包孕了深刻的自然哲理。

能够每天在国家公园里走长路，这也是我的最爱。此地人烟罕见，到处郁郁葱葱，格外赏心悦目。因为天气炎热，水晶峡的部分瀑布和水潭开放给游客尽兴玩耍。索菲娅和她母亲来自美国加州的圣迭戈，常在海里游泳，所以在烈日下长途跋涉之后，能尽情戏水，无疑是极大的享受。尽管我不经常游泳，但能够在奔泻直下的瀑布中，荡涤暑气，接受自然的洗礼，的确别有一番滋味。

身为省城旅游公司的本地导游，杰希卡每天一换的工作服，给我很深的印象。因为她过溪跨涧，鞋袜尽湿，为的就是让我们能绕过泥潭。每天傍晚，杰希卡换上便装，稍事打扮，招呼我们一组人共进晚餐。她穿的文化衫，相当活泼，给看似单调的乡村生活，增添几分色彩。内人问她，比较省会和首都，这里的工作生活是否缺乏变化。回答是，这里半年工作，半年准备，顺应自然的安排，其理想的节奏，是省城和其他都会无法比拟的。

为了保护这片神奇的自然资源，观光局做出了相应的规定。我们第一天的午餐，寄存在小屋棚主人那里的食品垃圾，在我们回来等拉货车时，杰希卡又把它们分还我们，由各自携带回旅店，统一处理。第二天早上，我在客栈门口看到一辆崭新的大型垃圾收集车，回收日用垃圾，就在猜想当地的垃圾处理场会是什么模样。换句话说，像机场骡拉板车运送行李一样，人们在消费自然资源的同时，可以努力将对自然的损害降到最低点。

和时局的安危一样，生态旅游也面临严峻的挑战。譬如，每天出行中游水浴瀑的项目，禁止使用化学用品，如面油、防晒霜之类，以使溪水与河苔草不被污染。但事实上，有些人也没有承担应有的责任和义务。同样的危险也出现在商业化的利益驱动之中。第一天晚会结束后回到客栈，小卖部供应新鲜的胡萝卜汁，看上去很诱人，就买了两杯带到房间去喝。但第二天清早刷牙要用塑料杯时，才发现胡萝卜色素是不易洗却的添加剂。这和化学用品对自然的污染一样，即使在人口稀少的边远地方，也在所难免。

很显然，如果生态旅游破坏了生态，这将损害杰希卡这样23岁的年轻人，而且还会影响她们的子孙后代。就像第一天晚上欢迎会上那些非常可爱的中小学生，他们为我们表演火热奔放的萨尔萨（Salsa）舞，还盛情邀请来宾一同欢庆，他们的未来，就仰赖于这个奇特生态圈的可持续性发展。

这样得天独厚、丰饶醇美的自然环境，是我在世界各地国家公园的游历中未曾体验的。等我在回程飞机升空时，在一个辽阔的画面中，往下俯瞰马卡雷纳这个小小的聚落。连同瓜亚贝罗河的滔滔江水，它很快便融入了一望无际的绿色原野。

那就是"彩虹河"的故乡（图1-8）。

2.

寻找马孔多

夏天在杭州的时候，我不清楚马尔克斯的故乡是否会在我们的行程中。那时，土木电邮我马尔克斯关于《百年孤独》发生地"马孔多"的一个说明，使我茅塞顿开："与其说马孔多是世界上的某个地方，还不如说它是某种精神状态。"1982年瑞典文学院在给马尔克斯颁发诺贝尔文学奖时，有一段精彩的评语，说在他笔下"创造了一个独特的天地，那个由他虚构出来的小镇。那里汇聚了不可思议的奇迹和最纯粹的现实生活，作者的想象力在驰骋翱翔：荒诞不经的传说、具体的村镇生活、比拟与影射、细腻的景物描写，都像新闻报道一样准确地再现了出来"。这就是说，我如果去哥伦比亚，其实是去追寻那种"精神状态"。

8月5日，我在飞往波哥大的途中，看着美国联合航空公司旅行读物《两半球》（*Hemispheres*）上的空航示意地图，再看窗外变化的景物，直观地感受到南北两半球的各种关系，浮想联翩。

从北美洲的加拿大到南美洲的智利，构成了太平洋西岸连贯的自然人文景观。据导游手册介绍，哥伦比亚国土面积113万平方公里（略小于中国内蒙古自治区），是从中美洲到南美洲的第一站，西北承巴拿马，南接位于赤道的厄瓜多尔和秘鲁。而从加勒比海和大西洋一侧看，它东邻委内瑞拉，东南和巴西为邻，是拉美的第三大国。

在这个介绍中，哥伦比亚按照地理状貌，分为五大地区。以2005年旅游开发的程度看，侧重介绍安第斯地区、加勒比地区和太平洋地区，而对受游击队控制和影响的奥里诺科地区和亚马孙地区，则相当简略，或付诸阙如。

到了波哥大后，内人说我们来不及去马格达莱纳省阿拉卡塔卡镇（Aracataca），也就是手册上同样忽略的马尔克斯故乡。她的两位同学，从"彩虹河"游归，就会飞往该地区的旅游胜地卡塔赫纳（Cartagena），继续上西班牙语课，据说发音和波哥大多有不同。手册上描述，加勒比沿海和内陆的文化绚丽多彩，但任何地缘文化的丰富细腻之处，也无法按图索骥。就像其几位编写者那样，我短暂的逗留，只能在能够接触到的范围内寻找"马孔

图 2-1
瓜亚贝罗河一景，
笔者拍摄。

多"，这也是我们和人类学家陶鑫40年如一日研究考察哥伦比亚的主要差别。

　　从另一个方面讲，这次没有去马尔克斯的出生地阿拉卡塔卡镇，反倒给我更大的自由空间去追寻"马孔多"。在哥伦比亚的十天中，这种奇异的感受，与日俱增，无处不在。

　　我们在马卡雷纳山脉国家公园的第四天，一个和"马孔多"神似的场景呈现在我的眼前，令人匪夷所思，因此也让我特别留恋。

　　8月12号早上，我们在离开客栈前，已经把下午去机场返回比亚维森西奥和波哥大的行李打包装好，因为最后的半天活动，是去一个步行路程较短，但距离客栈更远的地方。不同于前面三天的炎热天气（中间曾经历过几分钟的雷雨），这时天空上云层密布（图2-1）。等我们坐上机动舟，在江面上行驶了20分钟左右，雨就下来了。这时，船也到了码头。

　　从岸边走上去几步路，是一处简陋的农家院落。当我们一组人（那对瑞士情侣已经坐昨天下午的飞机离开，现

图 2-2
"彩虹河" 民宅内景，
笔者拍摄。

还剩四人）跟着导游杰希卡快步冲进一间棚屋时，雨下得更猛了。我们不清楚后面的路程，在此停息避雨。

这间住屋像环太平洋文化中的杆栏式建筑。譬如，距今7000年前浙江余姚中国新石器时代河姆渡文化中，就有古老的木结构残存。住屋都用木料支撑，墙面由大片木板钉成。为避潮湿，在离地面的一定高度，铺上木板，上面有左右两间卧室。边上有储藏室、洗手间。卧室之间的立柱，系有吊床，供人歇息。灶头间在进门的另一侧，分别有煤气灶和土灶，估计是煤气价格比较贵。灶间和客堂间连通，没有间隔。住屋三面有木头护栏，和外面的空间相互借鉴，十分通气。铁皮的天花板，比较住屋一侧用厚厚的棕榈叶作为棚顶的圆形凉亭，显得轻巧简洁。

从门口拾木阶而上，迎面见到护栏上立有一只深赭色的鹙鸟，如同警卫，监视着每个来人。偶尔发出尖叫声，让人惊吓。

换下雨衣，晾在护栏上。脱去沾满泥水的鞋子，走在木地板上，感觉率性随意。屋内的木板墙上，有彩照挂历和图片。一整张山豹皮最为显眼，虽因年月已久有所破损，但这神物仍虎虎有生气（图2-2）。

没见这家的主人，只有一个大男孩在灶头间，忙着弄早饭。我们一行人，有的躺在吊床上看手机，有的在护栏内侧的条凳上休息。内人在土灶旁，观赏果树枝上的一只正在啄食的绿鹦鹉。从那里望出去，有一条溪涧，两旁都是树木，雨水一淋，绿油油的一片，和灶头间杂乱的陈设对比，给人亲切自然的乡间印象。

在这淅淅沥沥的雨声中，我的注意力被客堂间贴着卧房板墙的一只小木箱架吸引。箱内分四层隔开，乱七八糟地叠放着书籍、笔记本之类。由于看不到书脊，不知道书名，这更激起我的好奇心。在走门串户时，我的习惯是爱参观仁家的书架，作为了解主人知识结构和兴趣范围的一个索引。

通过内人和杰希卡，我征得了男孩的同意，开始翻阅木箱里面的书籍。它们全是西班牙文，大都很破旧。此外有一些练习本，上面潦潦草草写着西班牙文，不知道是在讲些什么。不过这没有关系。我想，假如能看到相熟的内容，感受偏僻乡间中知识人群的有趣心态，语言的障碍不就消失了吗？

把书从每一格中取出，有《圣经》《社会契约论》《几何学》《堂吉诃德解题》《变形记》，以及关于病理学和农业技术等实用手册。还有马尔克斯的《一桩事先张扬的凶杀案》（*Crónica de una muerte anunciada*）。

让我惊奇的是，薄薄一册《变形记》的边缘，已经有土蚁筑窝，一间套一间，结构严谨，像一处尚未完工的蚁山。它和下面一本精装书的蓝色封皮黏在一起，足见这箱书很久没人动过，已被遗忘多年。我见过中国明清线装书遭虫蛀的残破情形，但像这样的书籍物理形态改观，还是头一次见到，仿佛是一处古老的文化废墟。

正是这座废墟，让我想到了文学史上的一段奇遇：当年马尔克斯在巴黎读到卡夫卡这本奇书，恍然大悟，感叹小说原来可以这样写。

作为纪念，我请内人过来，给我拍几张手捧这些名著的照片。通过留影，我假想自己成为书虫（土蚁），穿梭于"马孔多"或真或幻、亦真亦幻的现实之中（图2-3）。

听杰希卡说，这箱书是男孩父亲留下的，他的职业好像是教师。由于语言隔阂，没法了解更多的细节。男孩用柴火煮好了一锅当地的茶水，微甜，我喝了两杯。大家付了几文茶钱，作为答谢。

这时，雨变小了。我们继续上路，去到一个不远的溪涧。那是我最后一次在国家公园里游水，最后一次在色彩缤纷的水草潭边，沉思自然奇观。等我们离开那里时，雨铺天盖地下来。迷蒙的水气，把远近的树林结为一体。原来开阔的天空和平展的原野，此时早已连成一片，雨声加上风声，撼动人心。

走回码头前，我们穿过一块不大的农地。先前歇息过的木板棚屋，远远地重现眼前。户外晾晒的棉被和衣物，都淋在雨水中，家里都没有大人在打理。路过棚屋，我又远远看见那箱书。因为连绵的内战，在如此孤寂的地方，

图 2-3
笔者和书虫（土蚁）穿梭于"马孔多"或真或幻、亦真亦幻的现实之中，张欣玮拍摄。

在那么孤寂的年代，它们先前的主人享受不到"彩虹河"生态旅游带来的物质便利。但在书中，他找到了一个精神世界的寄托。

最引人入胜的是，马孔多以它孤寂的时空来容纳卡夫卡。回到20世纪，现代意识能在拉丁美洲流行，其缘故在哪里？对于我来说，这蕴含了一个令人深思的问题：为什么现代绘画意识在中国推行那么难，就像现代山水画家黄宾虹曾经预见的，他的艺术，要在身后五十年，甚至更长的时间，才能得到世人的理解？一位研究黄宾虹的前辈对现代艺术有这样的点评："我喜欢卡夫卡，不是故事，是文字的韵味不一般。如果只看重故事，不如去读《故事会》，犹如画只看故实，如元代批评家汤垕说的那样，是外行人所为。"我在马孔多邂逅的这只破旧书箱，让我等异国他乡的过客能驰骋想象，把一个精神的世界和它的现实存在，魔幻般地拼贴在一起。

就在这样奇妙的感觉中，十天的时光飞也似的流逝。而我在哥伦比亚的最后一天，又在其首都波哥大发现城市版的"马孔多"。

这天，土木开车带我们去西蒙·玻利瓦尔广场。在找停车场时，经过哥伦比亚国家图书馆。可惜是周日，图书馆关门。入口处的公共雕塑，一组四片尖角三角形的平扁金属块面，矗立在路边，用水杉这一活化石的视像，喻示"十年树木，百年树人"，给人庄重的印象。限于时间，我来不及在波哥大或其他省市图书馆参观。16号去土木家，路过齐亚市政府前不久建成的一座玻璃墙结构的公共图书馆，气局敞亮。其规模不逊于高速公路进入齐亚市区时出现的那所私立大学的现代建筑主校舍，和波哥大市郊可口可乐公司硕大的新厂房好像也有得一比。

从图书馆往西蒙·玻利瓦尔广场方向走，是哥伦比亚著名建筑师罗格里奥·萨蒙那（Rogelio Salmona，1929—2007）设计的马尔克斯文化中心（Centro Cultural Gabriel García Márquez）。土木后来告诉我，那里的文艺书店是墨西哥大牌出版社文化经济基金会（Fondo de Cultura Económica）经营的，整个中心也由出版社出资承办建造。

内人是读书种子，一册在手，现实的得失都置之脑后。在我来访前，先已去过国家图书馆，特别喜欢文化中心环廊前的一面书墙，特意向我推荐。也许是我还惦记着南方马卡雷纳的那箱书，站在这面书墙前，更深地感受到书籍的力量。它的世界，不论以何种方式陈设，总给人带来憧憬和希望。在书墙中陈列的是西班牙语的新书，全都是关于人文艺术的，内容我能猜出八九分，掀开拉美文化大幕的一角，让我着迷。我所不熟悉的，是关于出版社的情况，因为没有接触过这一语种的读物。听土木介绍，在拉美的文学界，哥伦比亚和墨西哥既是角逐的对手，也是亲密的战友。马尔克斯晚年生活在墨西哥城，直至谢世，就是不言自明的事实。而马尔克斯文化中心的存在，更展示了拉美文学之所以在世界现代文坛异军突起的内在联系。

这也是我从眼前这面书墙得到的启示。不管是出自哪个拉美国家的读物，从书名看，有些就非常精彩。如哥伦比亚激情主义画家路易斯·卡巴来洛（Luis Caballero，1943—1995，见图9-9）在巴黎写给女画家比娅奇·冈萨雷斯（Beatriz González，1938—　，见图6-5）的书信手稿，今年才问世的。我们一天前刚刚造访了著名的政治波普艺术家冈萨雷斯，所以土木马上就买下一本，准备回去看个究竟。

当然，书墙上最吸引我的，还是依莱娜·维斯可（Irene Vasco）的《探索马孔多》（*Expedición Macondo*），有画家的插图，和我们母校出版的《想象孤独的10+N种方式》（见图3），想必各有千秋。后者是以连环画形式印刷的，由中国美术学院的中国学生和哥伦比亚学生共同创作完成。这进一步表明，马孔多作为《百年孤独》的魔幻现实场景，既是哥伦比亚的产物，更是人类共享的精神世界。

从视觉上，文化中心提供给我们一个体验马孔多的当代生存空间。罗格里奥·萨蒙那受乃师柯布西埃（Le Corbusier，1887—1965）的功能主义启发，巧妙地突出

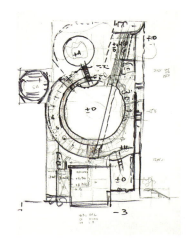

图 2-4
[哥伦比亚] 罗格里奥·萨蒙那设计的
马尔克斯文化中心平面图，
马尔克斯文化中心提供图片。

图 2-5
马尔克斯文化中心长条玻璃窗户所见
波哥大城景，
笔者拍摄。

了功能主义的"新建筑五点"：一、柱网悬承底层，即以柱支撑楼板，以使建筑不受基地制约；二、平顶辟为花园，即以平顶屋为花园，既宜居又保护屋面；三、隔墙游离结构，即平面分划不受柱网限定以获得自由平面；四、立面游离结构，即立面设计不受结构限定以获得自由立面；五、条窗水平开设，即横向开窗以获得水平方向的连贯视野。这个建筑群的平面布局以大小两个圆形天井为中心，通过螺旋线和几何方块的组合，再从平面发展为立面，形成简洁明了的艺术风格，使之成为波哥大文化建设规划口的一个活眼（图2-4）。

我们走入底层环廊，外侧是市政府要改造的一条文化街，内侧是一个大的圆形天井。走向环廊二楼，有一段五十米的路程，像进入暗道，视觉一下聚敛起来。只有一面是长条玻璃窗户（图2-5），齐胸沿过廊用水平线拉直，呈现了远近都市的长卷，包括哥伦比亚迄今为止最高的建筑，已经封顶合龙。白云蓝天，阳光璀璨，所见的景物，都如同抽象绘画一般，线条、结构、色泽、块面，景随步移，任意组合，虽说只取波哥大的一角，却小中见大，韵味无穷。

这样的设计，也让我想到适才在街角一家叫"假门面"（La Puerta Falsa）的老字号饭馆的相似观感。内人非常喜欢那里的饭团，就像在马卡雷纳中午带的芭蕉

饭包。还有一道用三种不同土豆和碎鸡肉一起煲的鲜汤
（ajiaco），是波哥大的名肴。进到这家有两百年历史的
小店里面，厨房和客人用餐的三四排座位，挤在一个局促
的空间里。沿陡峭的楼梯而上，有五六排客人的座位，楼
下就是厨房。我们来到楼上坐下，有点闹中取静的意思。
店堂一侧饰以镜面，从视觉上使一个狭窄的空间几乎扩展
了一倍，即所谓"假门面"（图2-6）。店堂之内，上下走
动的客人和店小二们，成了借景的实体，因为人看人，画
中有画，耐人寻味。

　　人们从书墙走向二楼，穿越暗道过廊，从那里驻足片
刻，分内外两头回望，就会发现其规矩方圆，新旧雅俗，
虚实真幻，妙不可言。

　　俯瞰沿街的一头，对面的墙上是规划中的文化一条街
的愿景图，向公众展览历史和现实的错落关系。这电脑绘
制的示意图，又因为在墙头下一字排开的各种摊头，显得
纷乱无序，到处是小贩、行人和交易的杂物。而在墙的那
一面，行人视线不及之处，是墙内那些破旧的房屋以及开
挖的地基，高下不一。紧贴着旧屋，有几个暗红色的标准
集装箱，层层叠加，搭起临时的工地指挥所，里面还有人
住。一块醒目的淡黄色标记，贴在最上头的集装箱外侧，
大字写明：哥伦比亚文化部（图2-7）。

　　转身看环廊的内景，是一圈圆形构成的露天场景。恰

图 2-6
[哥伦比亚] 多米尼克·达尔瓦特
（Dominique Rodriguez Dalvard）：
波哥大两百年老饭店"假门面"内景一角，
彩色照片，
2016 年。

图 2-7
马尔克斯文化中心所见的文化一条街的
愿景图，
笔者拍摄。

好书店的大门在我的视线中央，上下三层。整个建筑，以一排圆形廊柱，将二楼、三楼各个房间，隔为由反光玻璃组成一个个方块，在午后二时许的强烈阳光照射下，给中间的庭院留下投影。庭院没有植被，用石块整齐地铺成地面，形成向心汇聚的图案，极为有序。而湛蓝的天空上，几片白云，将此时的景色，变得纯粹形式化（图2-8）。从投影中走出来穿着入时的行人，三三两两，仿佛是意大利画家乔治·德·基里科（Giorgio de Chirico，1888—1978）超现实主义绘画中所见的情形，不知是梦还是真。

如此有序和无序并存的都市景观，宛如一个硕大的绘画工作室，人们在那里，可以从各个角度，各取所需。和我六月刚去过的北京798现代艺术城比较，除了天空中没有雾霾，地面上也很少有艺术商业化的气息。拉美地缘文化的错落并置，把现代生活中的多元面向，活生生地呈现出来，演绎着《百年孤独》的10+N种方式（见图3），不啻为马孔多的最新插图版。

如果说寻找马孔多是我哥伦比亚十日的要旨的话，那么，我这里记录的印象，应该是实至名归。

图 2-8
马尔克斯文化中心
文艺书店庭院，
笔者拍摄。

我本科是在浙江大学读的历史专业。十年"文化大革命"结束，恢复高考，我们1977级修的世界通史中，拉丁美洲的部分，内容极为简略。记忆之中，只剩下西蒙·玻利瓦尔（Simón Bolívar，1783—1830）这位英雄的名字，他打败了西班牙殖民者，赢得了民族独立战争的胜利。

我到波哥大头天上午，先去参观哥伦比亚国家博物馆，里面陈列着他的总统桂冠和权杖，当然还有他的画像，又上了一遍世界史的大课。

玻利瓦尔出生于委内瑞拉，殁于哥伦比亚加勒比地区的圣玛尔塔（Santa Marta）。他的理想是要建立整个拉丁美洲联盟，并为之奋斗终生。从1813年到1830年的17年间，他先后担当了一系列国家元首，堪称旷世奇才：

委内瑞拉第二共和国总统（1813年8月7日—1814年7月16日）；

委内瑞拉第三共和国总统（1817年10月—1819年12月17日）；

第1任大哥伦比亚共和国总统（1819年12月17日—1830年5月4日）；

第1任玻利维亚总统（1825年8月12日—1825年12月29日）；

第8任秘鲁总统（1824年2月8日—1827年1月28日）。

我们在8月14日去安第斯地区博亚卡省（Boyacá）途中，参观了博亚卡桥（Puente de Boyacá）之战纪念地。1819年8月7日，玻利瓦尔在这里指挥的著名战役，最后击败亲西班牙势力的军队，宣告了哥伦比亚的独立。所以在他18米高的纪念铜像周边，有五个吹奏号角的天使，代表1819年到1830年间大哥伦比亚共和国的主要成员（巴拿马也是成员之一，1903年宣布独立），分别为委内瑞拉、玻利维亚、秘鲁、厄瓜多尔和哥伦比亚，其中玻利维亚直接以他的名字命名，该国的所有公共广场，也都被称为玻利瓦尔广场，足见他的深远影响。（图3-1）

3. 玻利瓦尔广场

图 3-1
[德国] 费迪南德·冯·穆勒（Ferdinand von Müller）：《解放者玻利瓦尔胜利铜像》，18米高，1939年，博亚卡省，笔者拍摄。

图 3-2
背靠哥伦比亚国会
大厦的"解放者"立像，
笔者拍摄。

第一次到南美，我恰巧选了哥伦比亚。一方面，在哥伦比亚1810年从西班牙殖民统治下宣告独立之前，它和周边的地区有着相互交错的关系。另一方面，玻利瓦尔用新大陆的发现者意大利人哥伦布（Cristoforo Colombo，1450—1506）的名字来命名大哥伦比亚共和国，有深刻的文化蕴涵。他的一段名言，强调拉美特殊的人文传统，十分精彩："我们是整个人类的缩影，我们在地球的另一边，被两个大洋包围着，虽然艺术事业和科学事业尚属年轻，但历史悠久，文明古老，我们既不是印第安人，也不是欧洲人，但有这两种血统。"这种传统的多元性，可以用统计数据来表明，进入21世纪，哥伦比亚的梅斯蒂索人（Mestizo，即欧洲血统与美洲印第安人血统的混血儿）占全国人口的58%，白人为20%，穆拉托人（Mulatto，即黑人与白人的混血）为14%，非裔哥伦比亚人为4%，桑博人（Zambo，即印第安人和黑人血统的美洲人）为3%，美洲印第安人为1%。

如果说哥伦比亚国家博物馆的陈列对普通公民而言还有某种心理距离的话，那么，作为全国政治中心的玻利瓦尔广场（Plaza de Bolívar）及周边的政府和文化机构设施，则更直接明了地突出哥伦比亚民主政治的形象，成为这位历史先驱的遗响。

　　玻利瓦尔广场的面积不大，形成一个长方形的封闭空间。从市政规划上看，它的设计体现了哥伦比亚政治文化的制度特征。由于多元的种族背景，不同国家的建筑师和艺术家参与设计广场中央和四周的地标建筑，它们分别是玻利瓦尔立像、波哥大天主教堂、司法宫、波哥大市政厅、哥伦比亚国会大厦。

　　广场的中央，是国父玻利瓦尔的铜像。它出自意大利人彼得·特内拉尼（Pietro Tenerani，1789—1869）之手，雕刻于1846年，是波哥大市第一座公共纪念碑。玻利瓦尔高高站立在大理石台柱上，背向国会大厦，面朝司法宫，右手持佩刀，左手拿着一卷文件，靠近向左微倾的前胸，目视远方，一派"解放者"（el libertador）的高昂气势（图3-2）。

　　这种民主政治的形象，很大程度上来源于他和欧洲大陆，特别是法国的关系。他早年去西班牙学习法语，接受启蒙时代的法国哲学。1804年回到欧洲，同年12月2日在巴黎参加拿破仑的加冕礼，并成为拿破仑的随从官。虽然玻利瓦尔钦佩拿破仑的才能和勋业，但对他称帝的举动十分反感，深以为戒。玻利瓦尔日后在民族解放的事业中，功勋卓著，无论民众怎样拥戴，他从不居功自傲，拒绝帝制。他只接受"解放者"这个终身称号，因为在他看来，那比任何帝王都尊贵。

　　在铜像下面，台柱周围，甚至整个广场，随处可以感受这样的民主理念。

　　虽然是周日，但不是重大的节庆日。即便如此，这里的游人，也有盛装穿戴。他们不同的服饰，呈现出拉美和世界各个民族文化的多彩多姿。鱼贯穿梭的游人，就像我们一样，四处观望。走累了，就在玻利瓦尔铜像的台阶上小坐，喝水、吃点心。也有上了年纪的本地人，在那里抽烟、聊天。一位同情古巴革命的老者，用自行车改装的小拉车作为支撑，扬起一面古巴国旗，上面是面小的哥伦比亚国旗，车前放了一块标牌，长篇宣传古巴的社会主义主张。最快活的，当然要数小朋友。只见一个五六岁的男孩，正在扑赶身边的鸽子，东奔西窜，手忙脚乱。许多鸽子，飞上飞下，在各处觅食，完全和游人打成一片。忽然间，受什么惊动，敏感的鸽子成群地冲向天空，发出呼啸的声响，给广场增添壮观的画面（图3-3）。

　　波哥大天主教堂在广场的东侧，建于1807年至1823年之间，是19世纪欧洲殖民文化的代表。附近有圣礼拜堂，建于17世纪末。我第一天到波哥大，在早饭时听土木的母亲提到她小时候所受的天主教影响。

图 3-3
玻利瓦尔广场上的鸽群，
笔者拍摄。

图 3-4
玻利瓦尔广场上的艺人，
笔者拍摄。

也就是在70多年前，这里的神父布道，多用拉丁语，显示其至尊的文化地位。今天，哥伦比亚90%以上的人口信仰天主教。高大山墙后面的远景就是波哥大的主体山脉，把巴洛克风格和当地风格混合的教堂形象，衬托得更加端庄大气。不过等我们在广场四周绕了一圈回来时，我看到，就在教堂门前开阔的平台上，一个小男孩正在来回奔跑，追赶心爱的足球，玩得忘乎所以。他的母亲在一旁用手机聊天，声调很高，好像压根不在乎这里头是敬畏神明的殿堂。

广场北侧的一座巨大的现代建筑是司法宫，哥伦比亚最高法院所在地。它的历史足够惨烈，也许正是这个国家应对各种现实挑战的观念象征。第一座建筑物建于1921年，位于第11街和第6街街角，1948年4月毁于战火。后来在玻利瓦尔广场北侧建立一个新的宫殿，1985年11月又在"围攻司法宫"期间被游击队4月19日运动所毁。建筑物的废墟保持四年后，政府决定拆除，并完成目前的新建筑。

在靠近司法宫的路口，有个街头艺人，正值壮年，全身涂着绿色油彩，荷枪实弹，一身戎装，扮演成游击队员铜像，纹丝不动地站在教堂山墙的台阶前，供观光者拍摄或合影。这和我们15号去莱瓦镇途中在波哥大郊外公路旁见到的装扮了全身涂满金色油彩、脚踩高跷的一个小丑铜像，恰好代表了古希腊戏剧的两个经典视觉符号：悲剧和喜剧。他右手所持的旗帜，就是国旗加上了徽号，给游人一种警示。表演这尊绿色铜像，虽然是商业行为，活跃观光的气氛，但其内在的含义，不能低估（图3-4）。

就在这里，1985年11月6日、7日两天，游击队公然突袭高等法院，扣留了300个人质，最后在冲突中有10多位法官丧生，成为拉美现代史上的一大惨案。事发之后，哥伦比亚总统在全国的电视讲话中，向所有遇难者，包括游击队员，表示哀悼。这是一种宽容，很少在集权制度下出现。因为站在民众的立场，政府要想实现和解的基础，包括不杀政敌，一切还需诉诸立国的根本大法。

法院隔壁的两栋一层民用建筑，贴着出租的告示。这两栋民房后面，有另外的多层建筑，面向广场的墙面上，

图 3-5
"为了明天的记忆"
工程一景，
笔者拍摄。

张挂有两幅巨大的照片。一幅彩色作品，记录一个老年妇女，孤独地坐在床上，头枕着墙角，左右两面墙上，贴满了她死去的儿子从小到大的几组照片，神情哀伤。但她坐的床单上，印有凤凰的图案，隐喻复生的希望。靠近司法宫那堵墙面上，则是一幅暗绿色调的照片，一位年轻妇女，她怀抱正在哺乳的女儿，抬头远望，背景是连绵的贫民窟，体现出挣扎中的百姓生活。事后我问土木这些照片的细节，他找来了相关的信息。那是国家组织的一个大型项目，叫作"为了明天的记忆"（图3-5）。比起通常所见的官方说教，这样的宣传活动颇有深意。

图 3-5
司法宫正门，
笔者拍摄。

图 3-7
面向波哥大天主教堂的广场
一角，地面上的哥伦比亚
地图中，写着"和平"字样，
笔者拍摄。

司法宫的主体建筑，是在拆除1985年"围攻司法宫"事件的废墟上重建的。我们参观玻利瓦尔广场的这一天，看到其中央大门的结构立柱上，张挂着一幅巨型白色横批。乍一看，还以为是法院的格言。上面中规中矩的字体，书着：REFORMA SI, PERO NO ASI。土木给我翻译，意思是："要改革，但不是现在这个样子。"（图3-6）这显然是来自部分民众的声音。

在哥伦比亚逗留期间，我注意到，城乡各地的政治竞选广告，几乎和商业广告占了相同的比例。在省市的中心，竞选省长的宣传壁画，完全不同于波哥大到处可见的涂鸦和许多别具个性的大型街头壁画。和涂鸦街景相比，玻利瓦尔广场上的市容整洁许多。在靠近国会大厦的一端，有一排铁架围栏。其镂空的部分，张挂了一幅幅宣传品，好像足球赛场上，沿边线四围的滚动广告。不过这里没有电子屏幕，也和商业广告没有关系，而是人们的政治诉求。

在广场的石块地面上，有人用粉笔画了哥伦比亚地图的一个轮廓，里面写着"和平"（图3-7），对游击队，例如"哥伦比亚革命武装力量"（FARC）和政府军长年的交战，表示抗议。还有人在粉笔画的地图轮廓旁，留下了一支紫色的鲜花。阳光下，萎蔫的枝叶，使紫色花瓣显得更加娇嫩，让人沉思和平的珍贵。我离开哥伦比亚不久，土木写信来说，2016年春，政府和游击队的和平谈判，会最后签字生效，以结束旷日持久的内战。

在广场的西侧，司法宫边上，是波哥大市政厅，又称为列瓦诺大厦。是法国式的建筑风格，波哥大市长就住在那里。其实，我从第一天在蒙塞莱特山顶上，就用长焦距镜头，拍了这个市政厅的画面，不过没有那么清楚。没想到实际的建筑空间这么大，三层楼房，长长一条排开。夏天听土木在我杭州的课上提到波哥大前市长，他是艺术家出身，所以曾用艺术作为改变世人生活习惯的手段，赢得了不错的口碑。这使我们想到今年5月初，伊朗德黑兰市长加里巴夫（Mohammad Baqer Ghalibaf）赞助艺术的大手笔，他将市政府所有的1500多块广告牌，全部换成世界艺术史上的名作，从波斯的细密画到法国的马蒂斯，从

荷兰的伦勃朗到俄罗斯的列宾，从日本的葛饰北斋到西班牙的毕加索，成为轰动世界的热门新闻。

在长条形共32间的市政厅建筑物上，其装点很有艺术性。每隔一间，用红黄两色的彩旗，从三楼的阳台直线挂下，到二楼的阳台围栏，在上下两层的白色立地门窗之间，画上了鲜艳的16条抽象色块，使整个建筑立面，在蓝天白云之下，显得既典雅，又活泼，充满生气。广场一面的路灯，上端的黑色支架，在左右两旁各有一只乳白色灯管。靠国会大厦街口的路灯，虽然残缺，只有一只灯管，但在市政厅红黄彩旗的衬映下，反倒成就了不齐之齐的大美（图3-8）。

广场南侧是国会大厦，由英国建筑师托马斯·里德（Thomas Reed）设计。它的建设开始于1846年，但由于国家政治不稳定，直到80年后才竣工。

在国会大厦的方向，位于东北角路口的是花瓶楼，即7月20日独立纪念馆，很不起眼。这是纪念哥伦比亚1810年7月20日第一次独立尝试，意义重大。它边上是圣巴托洛梅市长学校，现在是一所中学，原来是1604年耶稣会士建立的第一所学校。

接下来的几处政府机构，和街对面的国会会议厅和总统府，形成国家形象的又一个重头。

然而，在这条街上，文化部的位置，比内务部显眼。为什么这么设置，我说不上来，但其中的含义，可以有许多发挥。

譬如说，在总统府的对面，是一个花园。它用铁栅栏圈出，游客不能入内。花园的设计，是大片的草坪，有一处平台安放了一件硕大的现代雕塑。绕到总统府的另一面，又看到一处公共艺术作品，文化部的标牌上面写着："阿亚库乔战役纪念碑"（Mounmento a la Batalla de Ayacucho）。围栏里面，是1930年完成的一尊巴洛克风格的大型雕塑，立像是自由女神，座基的浮雕则表现1824年12月9日爱国联军在秘鲁与亲西班牙的保皇军决战的画面，宣告拉美独立战争的最后胜利（图3-9）。

图 3-9
"阿亚库乔战役纪念碑"，
1930 年，
笔者拍摄。

图 3-8
波哥大市政厅一角，
笔者拍摄。

我很好奇，在首都波哥大的枢纽部位，文化部的作用，对哥伦比亚的宪政意义何在？

这就让我回到哥伦比亚国家博物馆的政治史叙述上，让我回到"为了明天的记忆"大型工程上，让我回到一个"民众的历史"观上。

在走回广场的方向，路两边分别有国会的会议厅和国会的办公楼。有一组年轻的家庭在我们前面，两个孩子，男的在踢足球，女的跟随家长。突然，男孩把足球踢到国会的大理石围栏高阶上，他努力蹦跳，还是够不着。于是他的父亲双手一撑，人就与高阶平齐，把球取了下来。在这个过程中，没有警察或卫兵出现，让人感到有些不可思议。

说到警卫，只有总统府的正门和南北侧门有穿仪仗制服的卫兵在站岗。他们的装束，和一些国家的仪仗服那样，都有令人好奇的细节。在海蓝色军服的背后，卫兵身上挎有白色的干粮袋，与他们所戴的银光闪闪的头盔，手上所持的步枪，好像不是在21世纪生活。不言而喻，这些卫兵是国家礼仪的一种象征。在正门处，有两位卫兵，烈日之下，纹丝不动。而正好来了一家游人，两个可爱的小女孩在他们面前跑来跑去，仔细打量，想弄个明白。等大人要拍照时，一个女孩把小手抬起，正经八百地行了军礼。不过另一个女孩，则躲到路边的树荫下，忘情于自己带来的玩具车（图3-10）。

也许从这样的国家礼仪与民众反馈关系，可以体现西蒙·玻利瓦尔、弗朗西斯科·德保拉·桑坦德尔（Francisco de Paula Santander，1792—1840）等开国元勋建立的宪政基础——国家永远是人民的。只有这样的基础，人们才可以在"彩虹河"寂静偏远的乡间茅舍中，通过卡夫卡的《变形记》来驰骋幻想（见图2-3），显现马尔克斯《百年孤独》的10+N次方案（见图3）。也只有这样的基础，一个人民的国家，才会给子孙后代真正的自由和幸福，就像我眼前的小孩那样。

图 3-10
哥伦比亚总统府正门一景，
笔者拍摄。

4.

"为了明天的记忆"

也许是从小在杭州这个世界历史名城长大的缘故，我在参观不同王朝的都城和不同国家的首都时，总会下意识地把一个国家的自然人文景观和其宪政基础连在一起思考。我在哥伦比亚第一天和最后一天都在其首都波哥大，对那里的国家博物馆、玻利瓦尔广场及周边的政府和文化机构设施，也作如是观。

在这个意义上，玻利瓦尔广场上的"为了明天的记忆"（见图3-5）和哥伦比亚国家博物馆的"记忆与国家"专题（见图4-6），对我看待那里的人文历史景观，特别有意义。所有的记忆都是转瞬即逝，就像"为了明天的记忆"只是时政宣传的权宜之计。尽管如此，人们仍然珍惜这样的瞬间记忆，由此认同人性的共同特征。至于我的随笔，究竟能够带给自己什么启迪，只有在记录成文之后，才有具体的可能性可言。因为再好的记忆力，没有落实成为文字，终究是过眼烟云，来去无踪。

来哥伦比亚之前，我几乎不了解这个国家。同样道理，在波哥大参观国家博物馆之前，我也不清楚哥伦比亚的宪政史。我在思忖，宪政基础对哥伦比亚国家形象的塑造，有何独到之处？又和建构社会大景观有什么关系？这些问题，应该在哥伦比亚国家博物馆的陈列中得到相关的解答。

哥伦比亚国家博物馆的位置在第7大道和28街交界处，位于玻利瓦尔广场的东北角。我们上午10时许到那里时，天空还阴蒙蒙的，据说冬季通常是这样，到下午会开晴。

该博物馆以历史建筑为主体（图4-1）。这处旧迹的特别地方，原来是哥伦比亚第一个国家监狱改建的。自1946年辟为博物馆后，中间经过修缮，形成目前的格局。从平面图来看，主体建筑犹如一个十字形，由中央的扶梯作为连接四面展厅的中心。由于整个博物馆正在重新调整陈列的硬件和软件，因此部分展厅，如金器馆等，暂时关闭。十字形的主体部分由四围高墙保护，使博物馆本身呈现长方形，从正门入内，环绕左右两侧，有各自的天井。而正门部分像添加的要塞，作为一个大的活动空间，连接后面的建筑主体。

图 4-1
哥伦比亚国家博物馆鸟瞰图，
笔者手绘。

　　整个建筑共有三层楼，每层楼都有几个部分是用原来的班房，一间间布置历史实物和说明，由地楼到顶层，从太古演绎到当下，其局限和特点，同时并存，让人在既定的空间里，尽情发挥想象。

　　和现代博物馆设计的理念不同，监狱原有的功能，是用这一公共机构来体现法律的权威。法律的成文和执行，都在特定社会情景中完成，有具体的历史内涵。哥伦比亚国家博物馆馆址的选择，更注重的是其象征意义。数以万计的国家级历史和艺术文物珍藏和陈列在此，其特殊的历史感，让参观者的想象力，受到有形和无形的制约，犹如戴着枷锁，在时光隧道中翩然起舞。

　　作为国家文物单位，参观博物馆是免费的，只是需要登记领票，作为数据分析之用。在登记处，土木的母亲从口袋里掏出纸币，主动给了工作人员。我问，老人不是特别优惠的吗？她说这是她的自愿捐款，挺一下博物馆事业。钱数虽不起眼，却可以知道这是民众认同的公益事业。

　　进门的大厅，就是我们从街上看到的正门部分。因为山墙很高，没有采光的窗户，所以参观者很快穿过幽暗的大厅，走向一楼的展室，那里有衔接远古部分的文物陈列。

　　在走向十字交错的东西南北四个展室的交接点，非常

图 4-2
陨石,
1810 年坠落,
哥伦比亚国家博物馆藏,
笔者拍摄。

夺人眼目的是一块重411公斤的陨石碎片。据介绍,1810年初的一个周日,在博亚卡省的山里,这块原重700公斤的陨石被人发现。直到20世纪初,它被分为两半,其中之一,就是眼前的这件神物。忽然,强烈的光线从天花板连接二楼的圆孔状铁窗户中照射下来,使这放在白色圆盘上的墨黑的天外来客,格外精神灼烁(图4-2)。不同于中国文人书斋和私家园林中以瘦、漏、皱、透著称的假山,它将宇宙大爆炸引发的天地奥秘,包括人类生存的地球形成之前的历史,神奇地联系在一起。对哥伦比亚人来说,这块陨石的来访,是在天主教日历中的吉祥星期五,预告同一年哥伦比亚的独立,极具象征意义。最后将其陈列于此的策展人和著名画家冈萨雷斯,对此举特别自豪,曾这样对土木说:"它重如磐石,没有人敢动它一指!"

参观完哥伦比亚古史部分的陈列,我们经过一楼过

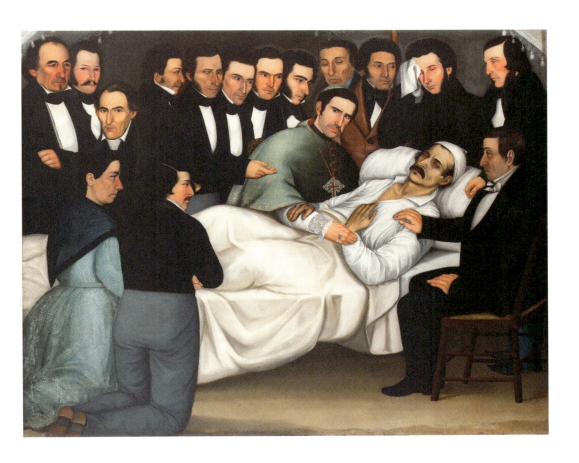

道旁玻利瓦尔的白色大理石雕像。与之相对的，是他的战
友和政敌弗朗西斯科·德保拉·桑坦德尔的黑色大理石雕
像。对开国元勋的雕像做这样的摆设，非常有见地。若没
有强有力的战友和对手，一代历史人物就失去了其伟大的
品格。桑坦德尔出生在哥伦比亚库库塔的罗萨里奥镇一个
土生白人地主家庭。1819年12月哥伦比亚共和国（1822
年改称大哥伦比亚共和国）成立，他出任副总统。但他主
张建立联邦政府，限制教会特权，实行自由改革，这和玻
利瓦尔建立中央集权政府的主张相背离。1828年他被指控
参与谋害玻利瓦尔，被判死刑，后改判流放，亡命欧洲和
美国。1830年大哥伦比亚共和国瓦解，玻利瓦尔在失望中
离世。桑坦德尔1832年被选为新格拉纳达共和国总统（即
现在的哥伦比亚共和国），届满后继续担任参议员，奠定
了哥伦比亚的宪政基础（图4-3）。

图 4-3
[哥伦比亚] 路易斯·埃维亚
（ Luis García Hevia, 1816—1887 ）：
《桑坦德尔将军之死》，
油画，
163.5 cm × 205 cm，
1841 年，
哥伦比亚国家博物馆藏品，登记号 553。
©Museo Nacional de Colombia/Ernesto
Monsalve Pino

　　在过道的墙面上，有一块洁白的大理石碑，上面镌刻着马尔克斯1994年的一段名言，体现了崇高的人文主义历史理念："从摇篮到墓地，通过对不幸历程的深思熟虑，我们在寻找新的思维方式，它激励我们在追求更美好的社会的过程中，去发现我们是谁。"

　　从一楼坐电梯到二楼，那里有西班牙殖民统治时期的文物陈列。等进入独立战争时期的展室，整个灯光的基调，也变得明亮起来。玻利瓦尔的冠饰和权杖，仿佛和他心目中的英雄拿破仑加冕时的桂冠和权杖旗鼓相当。这个展室的内容，还有玻利瓦尔车马具的陈列，同样美不胜收。因为日程排不过来，这次来不及参观大名鼎鼎的古代金器博物馆，但从这几件陈列的珍贵历史文物中，足以认识哥伦比亚非常精湛的工艺和十分完美的装饰。有别于拿破仑称帝的先例，玻利瓦尔视"解放者"为己任，伸张其民主的理念。

　　在隔壁的展室，有玻利瓦尔的画像和表现其他开国元勋的历史画。也许是建筑本身的缘故，这里展示的历史画和文物，视觉空间效果受到制约。如果和实际的历史场景做一个对比，就会知道博物馆无法重现的很多有趣的画面。如土木后来在从玻利瓦尔广场出来的一条大街上，指给我们看某处墙面上的一扇窄小窗户，边上有块解说牌。那是玻利瓦尔1828年9月25日被刺客追杀时逃身的出口——帮助他脱险的厄瓜多尔出生的情妇也因此获得了"解放者的解放者"的美誉。这种大起大落、九死一生的传奇经历，和他崇敬的拿破仑颇为神似。

　　看过近代以前的陈列，已经12点多了。为了下午继续参观二、三楼的内容，我们去博物馆庭院内一家咖啡店用餐。

　　咖啡店在原来监狱的天井内，我们在一棵大树脚下的茶桌旁，分四面坐下。这里专卖著名的"哥伦比亚咖啡"，还有一些点心。其中夹馅的烤饼，为人推荐，我们都点了。还是口味问题，我选择喝红茶。烤饼和巧克力蛋糕，味道也不错。

　　面对着庭院，可以观赏天井里面的花草植被。有的游人走近那些花草，触摸嗅闻。三两株大树，外加一尊抽象雕塑，中央还有一处喷泉，还可见到奇异的飞禽（图4-4）。就在我把记忆中装得满满的历史文化信息稍作过滤的瞬间，这样的氛围重新把我带回1946年改为博物馆之前的景观。曾几何时，囚犯们从号子间出来放风，呼吸自由的空气，尽管四围的高墙仍然阻隔了外面的世界。这样的环境，是在其他国家博物馆从未感受过的，真是别有一番滋味。借用拉美文学艺术的风格，这是否也是"魔幻现实"的一种体验？

图4-4
哥伦比亚国家博物馆
天井一角，
笔者拍摄。

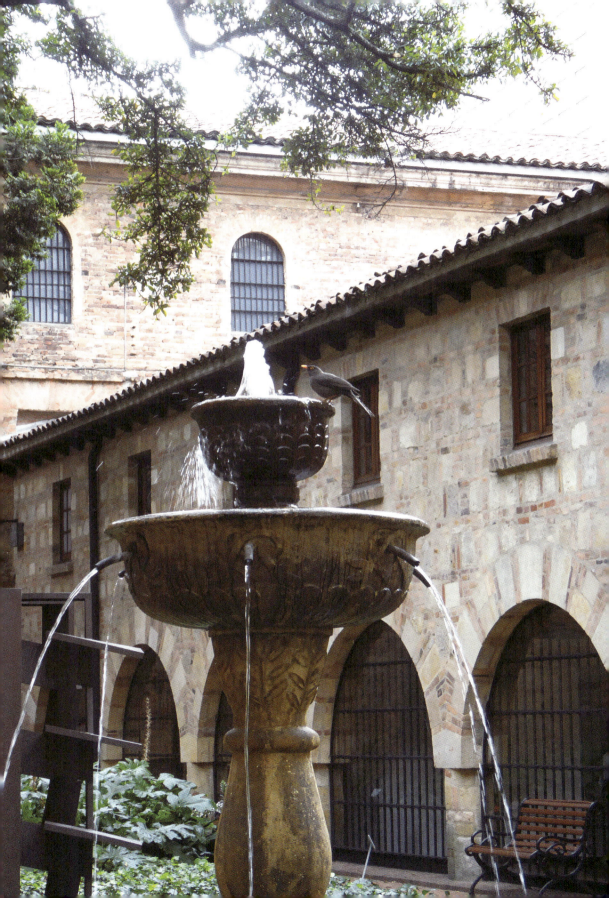

午饭后，我们继续去顶层参观。在上电梯前，我去拍了一楼的一堵装饰墙，是用银行的不锈钢保险门立在那里，和二楼同一位置的墙面上镶嵌的旧式橡木家具门对比强烈。来到三楼，环形设计的四面，都是著名女画家范妮·沙宁（Fanny Sanín, 1938—　）抽象绘画的陈列。纯形式的冷抽象，挂在天窗之下，和可以看到下面几层的围栏的栏杆组成有机的视觉关联，提升顶层展览的时代气氛。与之并列的，还有她一组充满激情的抽象表现作品，对我的吸引力更为强烈（图4-5）。

就这样，门、窗、过廊、墙面、天井，诸如此类，都让观众不断面对历史空间的界定，生发联想。

自然而然，这些联想，成为我们记忆的一部分。

但对于策展人来讲，如何面对一个国家的灾难，更需要勇气和智慧，以帮助观众共同来思考和解读。在此语境中，哥伦比亚国家博物馆中的"记忆与国家"专题，意义尤为鲜明。

从英文/西班牙语的解说词中，可以知道这个专题的

图 4-5
笔者与土木和他母亲在哥伦比亚
国家博物馆，
背景为范妮·沙宁的
《油号1号乙，1962》。
张欣玮拍摄。

图 4-6
[哥伦比亚] 何塞·穆尼斯（José Muñiz）：
"记忆与国家"展室一览，
哥伦比亚国家博物馆提供照片。

重要性，因为这是博物馆中唯一的双语说明。在"记忆与声音"部分的这段文字，对此做了清楚的陈述："1991年的《哥伦比亚宪法》意味着迈出了向国家改革的根本性一步。在共和国的历史上公民的代表第一次认同这些价值，在差别中共同努力，相互包容和积极参与。不论信仰、性别或种族归属，这部宪法提出了对话、正义和社会平等。具有象征意义的是，尽管博物馆的成员身为'语词的传播者'（土著瓦语语，pütchipü'ü or pütche'ejachi），以协调冲突的要素和种族多元化代表来构成知识和思想，哥伦比亚国家博物馆力图以各种新的方式来讲述国家的记忆。"

这个展室是哥伦比亚文化的浓缩版（图4-6），从远古的人偶器皿，到天主教的神龛，从禽鸟羽毛编制的挂毯（图4-7），到重现烟草生产的工场，极为简明。以五色羽毛编制的挂毯为例，这样的材质，我第一次见到，使我印象中所熟悉的西亚和欧洲的挂毯，有了完全不同的参照。因为这是和自然环境之间直接对话的结果，很多漂亮的颜色，是从亚马孙河流域珍奇禽鸟身上采集而成，尽管它的图案，沿用的还是欧洲的样本。

但更重要的是，这个展室直接触及了当下的国家现实。如乡间农夫绘制的壁画，受战争影响地区的村妇缝制的百衲被面（图4-8），伤残荣军战士做模特拍摄的伤残照

图 4-7
[哥伦比亚] 佚名：
禽鸟羽毛编制的挂毯（局部），
19 世纪，
254 cm × 215 cm，
哥伦比亚国家博物馆藏品，
ICANH: 44-VII-5341，
©Museo Nacional de Colombia/
Ernesto Monsalve Pino

图 4-8
[哥伦比亚] 玻利瓦尔省马木普让编织
梦想向往和平妇女协会
（Association women weaving dreams and
flavours of peace, Mamupujan, Bolivar）：
《2000 年 3 月 11 日的马木普让》
（Mampuján on March 11, 2000），
百衲被面，
200 cm × 140 cm，
2006 年，
哥伦比亚国家博物馆藏品，登记号 7809。
©Museo Nacional de Colombia/Alejandro Casero

图 4-9
[哥伦比亚] 米格尔·罗哈斯
（Miguel Angel Rojas, 1946—　）：
《大卫系列三之二》，
黑白照片，
200 cm×100 cm，
2005 年。
哥伦比亚国家博物馆藏品，登记号 7843。
©Museo Nacional de Colombia/Alejandro Casero

片（图4-9），以版画表现的各种内战场景，一并纳入反映19—20世纪哥伦比亚历史的巨大墙面陈设，包括了壁画和作为重点的许多代表画家的作品。

由于集中在一个有限的展室，这样的视觉冲击，从众多面向来打动参观者的心。策展人对记忆本身的思考，引起我这个"旁观者"很深的感触。在文学研究中，"记忆与国家"是一个流行的话语。本来是个人的记忆，通过文物和艺术作品，凝聚成集体的记忆。就像我在美国工作和生活的城市塔科马，公园的小广告旗上，曾有句让我难忘的口号，"你的故事，我们的历史"。在哥伦比亚国家博物馆，个人的故事，进而上升为关于"国家"的记忆。这和汉语中对"国家"的定义，非常接近。

事后，土木开车带我们在波哥大市内兜风时，路过一处大型建筑物，主体是混凝土结构的墙，上面有大小形制不一的空格，给人百孔千"窗"的印象。土木告诉我，这就是波哥大的"记忆、和平与和解中心"（Centro de Memoria, Paz y Reconciliación），即著名的"记忆博物馆"（图4-10）。在20世纪中叶以来，政府军和游击队的战争，给国家和人民带来了巨大的痛苦和灾难。这种严峻的现实，继续在我们去南方看自然奇观的一路中反映出来。就在我们住的客栈小楼附近，有一幢高层的办公楼，据说就是政府的律师们和游击队谈判的场地，制定处理各种和战争直接、间接有关的法律条文，希望最终实现全国的和解。

不论是"记忆博物馆"，还是"为了明天的记忆"，策划"记忆与国家"这样的陈列，必须要有胆识和魄力。听土木介绍，这出自一位女策展人之手，和曾担任多年的历史博物馆负责人的女画家冈萨雷斯同样有能力、有资源，也有眼光，把现代的各种文化、艺术，综合调动起来，开辟了这个新的陈列。她因为种种原因，新近已经辞职，所以哥伦比亚国家博物馆负责人的位置，现在还空缺。很可惜，因为时间关系，这次没有机会和她认识。

"记忆与国家"专题展引来很多的争议。一位以表现哥伦比亚现代历史记忆著称的资深艺术家就率直地问

图 4-10
波哥大"记忆博物馆"
印象，
笔者手绘。

我："这个陈列是不是很糟？"这种批评说明，直接参与正在发生的历史，对哥伦比亚的公众来说，是责无旁贷的。现实与历史交错并置的敏感议题，也是在民主的宪政体制下，才能得以充分体现。在此宪政体制下，不论是何种方式（和平或者暴力）、何种态度（肯定或否定）、何种意图（保守或激进），这种参与的根本依据是民意。《孟子》对"民为重，社稷次之，君为轻"的表述，理念非常卓越。但是这一民本主张，几千年来受到中国的专制政治体制的蔑视和践踏，成为沉痛的历史教训，引起邓实、梁启超等清末先进知识分子的反思。哥伦比亚国家博物馆的这个专题展览，恰好是一面镜子，让我们能够反观自己的"民史"，重新认识民众的记忆是如何作为国家历史主体的。

　　我们在哥伦比亚国家博物馆的匆匆浏览结束了，但它在我眼前呈现的人文历史景观，却深深地印在我的记忆当中。在哥伦比亚各处的旅行，有一点看得非常清楚：无论是在首都还是乡镇，从官方到民间，人们对国家历史的记忆，都根植于真正的"民史"基础上。我忽然领悟到，《百年孤独》之所以令世界上的文学爱好者无法释怀，不就在于演绎这段挥之不去的人类记忆吗？

二、民众编

5.

"一点自觉的人文意识"

"我们在哥伦比亚碰到的所有人都很热情友好。"这是飞离波哥大的航班上，邻座的初中学生告诉我的暑假感受。她带着妹妹，来自休斯敦，现由联航的空服人员托管，从哥伦比亚回美国。

其实我在旧金山飞往休斯敦的航班上，就从《导游手册》上读到"哥伦比亚的老百姓都很热情友好"的介绍。不过这是真情还是套话，那会儿无从判断。当时，和我邻座的是位年轻美貌的非洲裔小姐。看她的装束，还有佩戴的工作证，像是美联航，说不定就是下一班飞波哥大的空服人员。一打听，说是回休斯敦看望母亲。说起哥伦比亚，她的印象，和亚洲泰国的曼谷、非洲尼日利亚的拉各斯相仿——每次出差飞波哥大，连机场宾馆的大门都没有跨出一步，感觉好恐怖。这一描述，把我的心咯噔一下抽紧了——内人的遇险不就是这样吗？我下意识地从手册上找到几个西班牙文的求救用语，"我被抢啦"（Merobaron），"救命"（¡Socorro!），写在餐巾纸上，以备万一。而《导游手册》上还特别提醒，对警察也要多留心眼，倒霉的时候，报警可能雪上加霜。

十天下来，我对初中生的观感，也对《导游手册》的介绍，有了自己的回应。前提是，我不像内人打前站是个背包客，独自在波哥大上暑期班。和初中生相仿，我因为土木的人脉，从他们的社交圈激活一个个思想交锋的触点。知与不知，都可以感受他们的热情友好。

8月12号午后飞离马卡雷纳抵达梅塔省会，我们一行的神经又抽起来。先前送我们来的旅行公司的包车司机，已经在机场等我们。虽然阳光灿烂，这后面三四个小时的回程会怎么样，心里捏一把汗。到省会闹市区，索菲娅还找不到安全带的插口。老司机把车停在离红绿灯很近的街心岛一侧，下车把问题解决，可见他对防范抢劫格外谨慎。天黑时进入首都波哥大的郊外，大片的贫民区重现眼前。这时索菲娅开始晕车，呕吐不止，也只能把车窗摇下来一丝细线。窗外黑乎乎一片喧闹的大街上，往来车辆的汽油味和尘土，渗入我们的小车内，感觉更加压抑。才12岁的索菲娅很懂事，和大家一样忍着，总算平安抵达波哥大我们入住的"优雅"（Grace）小客栈。

图 5-1
| 哥伦比亚 | 玛丽娅·考伐勒塔
（Maria Covaleda, 1977—　）：
《耶路撒冷三部曲》，
彩色摄影，
波哥大"优雅"客栈陈列，
笔者拍摄

　　这自成一格的五层楼客栈，堪称优雅，据说在城里还有两处连锁店。主人用了五位哥伦比亚女摄影师的照片，装点客厅、过道和旅客房间，每层有一个主题解说，好像画廊展厅。客厅的正面墙上，挂着她们个人的摄影照片，而进门的一个柜子里，有她们的作品可供出售，和喜欢艺术的房客们结缘。我印象最深的，还是一楼墙面上很大一幅以色列历史名城耶路撒冷的摄影特写（图5-1），栉比鳞次的民宅，密布在犹太教金顶主殿和伊斯兰教清真寺四周，不齐之齐，仿佛出入波哥大时所看到的城郊景象。

　　当晚8时许，土木来看望我们，同来的有琳娜·多拉多（Lina Dorado），商谈翌日演讲的翻译准备工作。由于我的讲座内容开始只是一些素材，放在"艺术和我们不完美的世界"这个语境中，因此还没顾上谁来翻译这件事。不过，土木带我头一天在波哥大的观感，让我确定了新的题目，并在去"彩虹河"前，电邮给他。五天之后，土木给我看在国立哥伦比亚大学讲座的广告，西班牙文《语词即图像：现当代艺术中的中国书法》的题目，用邱志杰1995年的作品《纹身二号》做插图，照片上邱的半裸

图 5-2
西班牙文
《语词即图像：现当代艺术中的中国书法》
讲座广告。

图 5-3
玛丽莎·齐拔斯主演韩伯托编写的
独角话剧《哭丧妇》，
2005 年 10 月 14 日在美国话剧团上演，
笔者手绘。

上身正面像被一个鲜红色的印刷楷体"不"字半透明地涂画，简洁醒目（图5-2）。我最后一篇随笔，就将展开那个话题。

琳娜和土木是国立哥伦比亚大学本科同窗，学过美术，之后留学英国，又去纽约的哥伦比亚大学攻读电影制片。她电影制作专业的导师之一，是编写《卧虎藏龙》的詹姆斯·夏慕斯（James Schamus, 1959—　），和李安多次搭档。琳娜兼修艺术史和宗教学，主要是佛教，和一犹太同学结婚，现定居洛杉矶，刚好回来策划一个画展，住在母亲玛丽娅那里，曾一同帮助过内人应对紧急事故。

我们一见面，琳娜先谈起客栈的室内装潢，欣赏店家的品位。话锋一转，她谈起了讲座口译的正事。她讲了她和父亲韩伯托·多拉多（Humberto Dorado, 1951—　）2005年在哈佛的一段故事。那年她还在读研究生，韩伯托率哥伦比亚话剧团到著名的美国话剧团（American Repertory Theater）上演他编剧的独角话剧《哭丧妇》（Plañidera），由美国演员玛丽莎·齐拔斯（Marissa Chibas）主演。该剧通过一位小镇孤女在哥伦比亚内战中的悲惨经历，讲述在准备她一生中最艰难的丧事时，一位哭丧妇挺身而出，决意和摧毁她的家庭和整个国家的暴力拼死抗争（图5-3）。在韩伯托与观众互动的问答时间，琳娜被临时抓差担任口译，既紧张又兴奋，超常发挥，皆大欢喜。听她的介绍，韩伯托研究莎翁，对刻画摩尔人的《奥赛罗》情有独钟。他的演艺生涯开始得很早，从话剧、电影到电视，全面开花。编剧、导演、表演，行行精通。在飞机上，我读《导游手册》，上面提到演话剧和电影，揭示最尖锐的现实矛盾；而电视肥皂剧，则多为轻松的娱乐点心。我在想，"要是能见到这样一个全才人物，该有多好！"

感谢琳娜传神的口译，8月13号晚上我的英文讲座很成功。我虽不懂西班牙语，但从听众的反应中，可以感受琳娜的语言魅力。讲座一结束，琳娜叫我过去，向我介绍她的父亲。

韩伯托的个子和我差不多，170厘米左右。圆圆的脸，头发和络腮胡子都已花白，更衬托出他气色的红润，给我深刻的第一印象。他身上那股浓重的烟味，和他的个人魅力一样冲。琳娜又介绍了韩伯托的女友玛格丽特·塞隆（Margarita Jiménez Cerón），她在一旁很低调地合十问候。

韩伯托先称赞了女儿的出色翻译。然后单刀直入，用英文问我："书写在中国这样一个方言众多的国家起什么作用？"真是一针见血，切中要害，扣住了语词（书写）的重要性，让我兴奋不已。我用戊戌变法时康有为、梁启超的粤语方言和光绪皇帝的日常交流不便为例，所谓"天不怕，地不怕，就怕广东人说官话"，表明汉字书写在中国几千年文明发展中的特殊传通功能。也正是因为韩伯托这个精彩的问题，和他匆匆握别后，我期待和他再见的愿望更为强烈，似乎后面在哥伦比亚的日程，没有什么比这事更吸引我了。

如我所愿，琳娜安排了第二天（14日）去她父亲家造访的细节，正好赶在15日他们全家去东部山谷省省会卡利市（Cali）参加韩伯托从艺48年的回顾活动之前，真是赶得早，不如赶得巧。

8月14日，我们坐车来到韩伯托住的一处公寓大楼。从电梯上5楼，出来左手一侧是韩宅，大门已经为我们敞开。一进屋，第一眼看去，里面的陈设就给我亲切的感觉。靠墙的大书架，各式各样的书籍和照片，放得满满的。茶几和桌案上，也堆满了书籍。墙上各处挂着琳娜母亲玛丽娅的几幅油画，还有别的艺术品，题材从动物到植物花草，印第安土著图案到非洲木偶，十分多样。从窗外看出去，是对面的公寓，中间隔了很大一块空间，所以能看到天上的云层。来的时候是阴天。没有阳光，景深出不来，更把我的注意力集中在屋内的一切。

韩伯托和女友玛格丽特热情招待我们。等我们坐定，韩伯托介绍了手上的一瓶红酒，产自阿根廷，大家分别举杯喝了一口。他用英文说：

"我今年64岁，很高兴大家来舍下做客。"

图 5-4
笔者在韩伯托家中做客，
土木拍摄。
墙上的作品，
为玛塔·格瓦拉
（Marta Guevara）所作的
《大地和土硝》，
50 cm×80 cm，
碳笔纸本，
2003 年。

玛格丽特坐在我右手边的沙发上。她从小在纽约长大，英语是她的母语，有个孩子在洛杉矶上大学。她的背后墙上，有一幅素描。画上一只黑犬，面朝一片空旷的大地，正好和我面对韩伯托的方向相同，仿佛都有话要对主人说（图5-4）。我把到哥伦比亚后想的一个问题，向他请教：

"您演实验话剧，揭示内战的深刻教训。您写电影剧本，抨击社会的重大问题，意在唤醒民众，体现出哥伦比亚的民族良心。这和您参演各种电视肥皂剧所面对的拉美观众，是什么关系？"

这时，韩伯托点燃一支烟，吸了一口。

他先从他写过大量剧本的电视剧说起，称其为一种制度，很有道理。西班牙语是拉丁美洲的通用语言，在美国和加拿大也有很大的市场（如我在美国不用卫星电视，也能在普通频道看到至少四个西班牙语的电视台内容，基本上为墨西哥的娱乐节目），而肥皂剧是其中的大头。电视节目的收视率，就是商业规则在幕后操作的那只看不见的手，成为肥皂剧创作的风向标。

电影的写作和演出就有不同的选择。琳娜提到，韩伯托是获多国奖项的影片《蜗牛计策》（1994年）的编剧和演员，影片讲述老胡同里一批三六九等的"钉子户"在城市化过程中和开发商、政府官员抗争的故事。编写前后四年，几经周折，最后由马尔克斯审定，成为一部享誉世界

图 5-5
蔡国强:
《有蘑菇云的世纪:为二十世纪作的计划,
1996 年 4 月 20 日实施于曼哈顿》,
采自《蔡国强》,
台北:艺术家出版社,
2005 年。

的电影创作。她强调说,马尔克斯对韩伯托的创作予以很高的评价,认为这部影片只有在哥伦比亚才能产生。

关于《蜗牛计策》的情节构思,土木事后还提供了一个细节。导演塞吉奥·卡布雷拉(Sergio Cabrera,1950— ,中文名字李志强)的父亲是演员和左翼人士,20世纪60年代到中国从事国际文化交流。李志强小时候住在中国,正值"文化大革命"期间,后来又来华学习哲学。所以他说完成这部电影,曾受到《愚公移山》的启发。

说到实验话剧,韩伯托讲了完全不同的情形。对于现实生活的反思和表现,需要编剧、演员和公众分享强烈的社会责任感。他给我们看一部剧本手稿,名为《芬斯特的职责》(El deber de Fenster),是获得2009年哥伦比亚严肃戏剧奖的作品。脚本的文献是由"国家历史、和平与和解中心"提供的,讲一位电影编辑不得不处理哥伦比亚新近大屠杀内容时的复杂境遇。

也许是因为有英文译本(Fenster's Duty),韩伯托没有展开细说,而是讲到他正在写的一个剧本。内容是对1945年广岛、长崎原子弹爆炸的后续进行反思,几易其稿,但还没有满意的题目。这是20世纪最重大的命题,世界各国艺术家都无法回避。1996年4月20日,时在纽约发展的福建艺术家蔡国强开始做"曼哈顿计划"的装置艺术,在曼哈顿世贸大厦双塔前拍的焰火装置,结果不幸言

图 5-6

中国国家话剧院上演英国迈克尔·弗莱恩
话剧《哥本哈根》的广告，
2011 年。

图 5-7

墨西哥著名作家卡洛斯·富恩特斯，
2012 年。

中 2001 年的 9·11 事件（图 5-5）。同在 1998 年，英国剧作家迈克尔·弗莱恩（Michael Frayn，1933—　）的话剧《哥本哈根》（*Copenhagen*）在伦敦国家剧院公开上演，成为轰动包括中国在内的国际文艺界和知识阶层的大事（图 5-6）。该剧涉及量子力学、不确定性原理、量子力学的哥本哈根诠释、第二次世界大战、纳粹德国的核武器计划、曼哈顿工程等，但讲述的方式非常别致。在天堂里的三位主角的灵魂，通过对话和追忆，重构了 1941 年 9 月德国物理学家维尔纳·海森堡（Werner Heisenberg，1901—1976）前往已被纳粹德国占领的丹麦首都哥本哈根，与他的导师——著名物理学家尼尔斯·玻尔（Niels Bohr，1885—1962）会面的故事。作家借用量子力学的不确定原理，展示了这次会面的多种可能性。10 多年后，韩伯托从哥伦比亚的现实，继续探索这个全球性话题，让我非常感慨：

"您写这样的题材，不正是体现了'哥伦比亚的良心'吗？"

对此，他停顿了一下，用英文这么表述：

"不，应该更精准地说，那是一点自觉的人文意识。"

这真是画龙点睛。

这点自觉的人文意识，既发自内心，又高屋建瓴，超越了具体个人和特定空间的局限。我即刻想到墨西哥驻法国前大使、著名作家卡洛斯·富恩特斯（Carlos Fuentes，1928—2012）（图 5-7）。2012 年春季，富恩特斯应邀到我在美国任教的学校做题为"文学和法律"的公开讲演，我有幸参加了当晚我校校长的欢迎家宴。席间，有人问这位和马尔克斯同时代的拉美文坛先驱，是否对自己的文学成就感到满意。只见富恩特斯和蔼的面容骤然一变，断然回答："不！看看墨西哥、拉美和全世界平民百姓每天遭受的苦难，没有一个作家会对自己的写作真正满意！"在那个瞬间，我仿佛看到了佛陀的慈悲，看到了耶稣的受难，一种对人类痛苦的深重的忧患意识，强烈地震撼了我。

我把富恩特斯给我留下的这个铭心刻骨的印象告诉韩伯托，他不住地点头："富恩特斯是一位杰出的人物。"

接着，我又问："既然是代表人类的自觉意识，戏剧表演是否有长时段的参照物来判断其艺术水准的高下？"

韩伯托不假思索，用一个英文单词回答："转瞬即逝。"

"那么在漫长的表演生涯中，什么是您的戏剧观？"

"生活是最真实自然的表演，"他说，"演员的全部所长，是把这样的活生生的场景，在舞台和影视中传达出来。他的过人之处，就在于观察。如同一场车祸，每个人的现场感，性命攸关，不会有任何的矫饰和造作。这样精彩的活剧，从没有事先排演的。"

我想到发生在自己个人经历中的活剧，一场发生在2009年12月中旬的令人难以置信的生死考验。在连绵雨雪后一个难得的周末下午，阳光明媚，我和内人去附近公园散步。回家路上，在绿灯开启、穿越人行道时，我们真是前后脚之差，居然她就遭遇大祸。在我回头的那一刻，目睹内人被来车撞得飞到半空，再摔在地上。惊心动魄，魂灵几乎出窍！当时的我全然不知所措。就在这时，四面八方的过路人，开车的、步行的，都汇集过来，黑压压一片。我奔到内人身边，只见她满脸是血，倒在冰冷的路面上，动弹不得。所幸的是，她的神智十分清醒，也非常镇静。正当我要把她抬起来时，冲过来一人，自报山门，说："我是有执照的护士。千万不能动，否则可能引发内脏大出血。"每个人都显示出专业的精神，有人帮忙打911电话求救。有一信教的女士，跪在地上，高声祈祷。警车很快到了，急救车也随之而来。感谢专业救护人员，内人被放上担架，送入急救车，我们直奔附近医院抢救，终于脱离险情。

这幕亲身经历的活剧，是否就是韩伯托所说的百姓生活最真实的一面？在这样真实的戏剧表演中，优秀的演员既是参与者，又是观察者。身为参与者，艺术家能够有最深切的生活体验；身为观察者，艺术家能够从中加以提炼和概括，使具体的经验升华。由于这双重身份，我对韩伯托"转瞬即逝"的戏剧观有了一定程度的认识，同时也注意到其和中国古典戏剧高度程式化的鲜明差别。

聊着聊着，不知不觉已经到了中饭的时间。主客六人，在客厅中央的饭桌前坐下。韩伯托请我坐上座，使我十分惶恐。

他幽默地说："你用的词大，如'民族良心'之类，如果我坐上旺

图 5-8
观看马卡雷纳村民晚会的萨尔萨舞，
张欣玮拍摄。

头，感觉容易飘飘然。"

恭敬不如从命。我接受了他的好意，也由此更真切地体会到他所说的"一点自觉的人文意识"——这就是，撇开主宾之类各种社会关系，回到基本的人学。

这样随意自在的家宴，琳娜还给我安排了素食，想得十分周到，因为我在努力控制体重。饭桌上，琳娜说韩伯托去过中国，认识一些友人，还有来往。只可惜没有听到他说有关中国的故事。

琳娜安排我饭后的午休，最中我的下怀。她带我到客房，简单介绍墙上贴着的《蜗牛计策》电影广告，还有韩伯托参演的各种影视海报，像由他编剧的《决斗的细节》，获1987年哥伦比亚全国编剧奖，入选1989年纽约现代美术馆和林肯中心的"新导演，新电影"节，获1990年巴西格拉曼多国际电影节最佳电影和批评奖等，不胜枚举。我躺在榻榻米上，面对这些琳琅满目的图像，因文字都是西班牙语，看着看着，就进入了梦乡。

客厅的歌舞声把我叫醒。原来土木和琳娜正在自由地对舞，玛格丽特则在一旁指导，解析不同风格的萨尔萨舞姿和步法。我起来，揉揉眼睛，在一旁看得很仔细。对我这样既不懂西班牙语歌词内容，又对拉美乐舞缺乏常识的人，现在能看到行家的示范，特别开心。想起我们在"彩虹河"的故乡的那个迎宾晚会，就差有人能帮我看出个门道来。在那次乡村聚会中，个人演唱、乐队伴奏、中小学男女学生对舞以及全体游客应邀共舞，都热情奔放。引起我极大好奇的，是一个四五岁的小姑娘。她在几组中小学男女学生对舞时，总站在木板搭起的临时舞台前，凝神观看节奏强烈的踢踏舞姿。有比她大的小孩过来把她从台下拉走。不一会儿，她又出现在台前，背朝观众，出神地在琢磨着什么（图5-8）。不用说，这个小姑娘继承的遗传中，就有萨尔萨舞乐的基因。不久的将来，游人会观赏她在台上的表演。如果我是学音乐或舞蹈史的，真可以做一篇采风记录。特别是哥伦比亚乐舞中的多元因素，使其表现丰富多彩。这和地域分布有很大的关系，沿太平洋的区域和环加勒比海区域，山地和平原，在文化传通的过程中，形成各自的风貌。哥伦比亚人对音乐、舞蹈的热爱，更使不完美的现实生活变得理想和自由起来。

看完跳舞后，我回到靠墙的大书架前，翻拣感兴趣的书。那里有几张照片，琳娜告诉我那是她父亲的第二个妻子，出身影视界的豪门，热心社会公益，是著名的慈善家，去年因患癌症去世。我看韩伯托现在的女友玛格丽特，感觉他们也很投缘。她偶尔也抽支烟，对音乐和舞蹈特别热爱。就在午饭前，玛格丽特提到翌日在卡利举办的庆祝活动中用的《伴随韩伯托一生的歌集》，介绍这位文艺复兴式的人物，并播放了早年的三首曲子，从德籍俄裔男低音伊凡·李布洛夫（Ivan Rebroff, 1931—2008）的《黑眼睛》（*Otschi Tschornyje*），到哥伦比亚流行歌曲作家鲁丘·伯慕代斯（Lucho Bermúdez）讲述卡利的歌舞俱乐部故事的《圣费尔南多》（*San Fernando*），洋溢着叙事长歌的感伤情调。韩伯托还哼起了儿时在波哥大唯一的俄罗斯餐馆里听会的《黑眼睛》中的一段，荡气回肠，令人神往。

琳娜接着和我说起书架上的《西班牙语大辞典》（*Diccionario de Construcción y Régimen de la Lengua Castellana*），收集了这仅次于英语、汉语的大语种在世界各地的词汇、读音和用法，体现了这一有4亿人使用的语言的外延和内涵。编撰者库埃沃（Rufino José Cuervo, 1844—1911）积毕生精力，不婚不仕，投入这项文化壮举。在他有生之年，完成了字母A-B和C-D的前两卷。他殁后40年，哥伦比亚政府建立了库埃沃学院，终于在1990年竣事，总共八大卷。韩伯托很熟悉这部工具书，因为是作家，对母语特别敏感，这便是一个作家的看家本领。琳娜说父亲精力充沛，具体就体现在咬文嚼字上，穷追猛打，一定要把所用的词语含义彻底搞清楚才罢休。很自然，他也建议琳娜通读这部巨著。除母语外，韩伯托也精通德语。日耳曼语族和罗曼语族不同，有益于他细微地理解西班牙语的语言特征。如同歌德所说："不懂外语的人，是无法通晓本国语言的。"

这时，韩伯托找来《蜗牛计策》DVD光盘，配有英文的字幕，送给我留念（图5-9）。他在录像盒里的一张小字片上特别写道，身为编剧，他在该影片结束前，就在被拆的住宅墙面上添上表达激愤群情的涂鸦——"这就是'澡你妈'的粉刷一新的住宅！"（图5-10）

回到美国后，我马上看了这部电影，才领会了他的意思。原来我在哥伦比亚目睹的"双城记"，仍然像20多年前电影中的波哥大，存在着尖锐的社会问题。在波哥大市区的玻利瓦尔大街开车穿过时，土木曾指着一幢公寓高楼的尖角，讲了很出格的真实故事。有一位土豪，因为有套家具特别长，就将公寓的住家平面，向街面伸出一角，成为显富的夸张例子。

而对于平民百姓，他们被驱赶到城市的边缘，在那里自己重建棚屋。只是《蜗牛计策》中的群像，充满了幽默和机智，仍然不放弃对今天的执着和对明天的向往。在和各种强权较量的过程中，他们同心协

图 5-9
韩伯托赠送《蜗牛计策》DVD 光盘，和琳娜、笔者与内人合影，土木拍摄。

图 5-10
电影《蜗牛计策》结尾时出现的涂鸦场景，1994 年，李志强导演提供照片。

力，把旧宅的五脏六腑都掏空了，连描绘圣母玛利亚显灵的壁画也大卸八块搬运到新的贫民窟。从城郊的山坡上，可以俯望波哥大，借以突出这个未来的新居所。

影片结尾那条有涂鸦的街景，听土木说，就在波哥大司法宫前的同一条街的另一头，而靠玻利瓦尔广场这头的两栋民宅，20 多年后，其墙面上高悬着"为了明天的记忆"巨幅照片。可以这么看，无论是用银屏、舞台，还是照片，韩伯托和哥伦比亚的艺术家们始终不渝地在为普通的民众声张权益，表达"一点自觉的人文意识"。

6.
画室的故事

在夏天，土木曾介绍内人和他大学时的油画教授玛丽亚·莫蓝（María Morán）认识，看看能否住在她那里，强化西班牙语的学习。后来她女儿琳娜回来探亲，内人便在波哥大一处景色较好，但离公交车站和学校较远的家庭旅馆住下。才第三天，从西班牙语学校下课后，晚间就遇两歹徒，一人用手臂勒住脖子，持刀割去她身上挎着的提包，一人从她手里夺去用于导航的手机。所幸人没受到伤害，护照和平板电脑也不在身上。听到这消息，我大为震惊，赶紧找在杭州的土木，看他有何建议。土木说他也经历过这样的情况，很遗憾又发生在内人身上。但他自己家人在齐亚，所以让内人和莫蓝教授母女直接商洽。

很快，内人就搬到与玛丽亚家邻街的一处家庭旅馆。她也听说了玛丽亚的遇劫经历，简直和我在2006年版《哥伦比亚导游手册》上读到的那个故事如出一辙，令人毛骨悚然——劫匪将她绑架后，开车把她所有银行卡里的现金从不同银行提款机中取出，直到取完为止。这在哥伦比亚有个专门术语，叫"百万富翁游"（Paseo millcnario）。不过玛丽亚对那场噩梦只是轻描淡写，一句带过，不想吓着内人。而内人的经历与之相比，也是小大巫之见。

转眼到了8月13号，晚上6时我要去国立哥伦比亚大学美术学院做讲座。

上午10时以后，土木来接我，去玛丽亚家用电脑修订图像文档。来到玛丽亚的住处，客厅的书架上，不乏英文书，应该是琳娜的收藏。墙上有玛丽亚的小幅油画，描写花卉，环境很理想。很快我们调整好了讲座文档。这时琳娜也过来，边过目文字和图像，边记笔记，澄清每个基本的概念，找到相对的西班牙文语汇。她还找出一支羊毫笔，是她父亲去中国访问时带回来的，借给我晚上讲座时做示范用。

中餐以后，玛丽亚从画室回来，我们总算见面了。她个子不高，面容清癯，眼睛非常有神，用英文交谈，速度不紧不慢，十分和蔼。可能因为内向，只寒暄一二，就上楼去，让我们自便。

傍晚，走在通向国立哥伦比亚大学美术学院的草坪上，琳娜提到她在研究自己的家族史。通过基因测试，父亲是北非的犹太人后裔，按照西班牙的法律，可以申请入西班牙籍，到欧洲定居。不过这和韩伯托无关，因为除了哥伦比亚，他哪里也不会移民。而母亲则是土著的印第安人，出生在帕斯托（Pasto），位于哥伦比亚西南角纳里尼奥省（Nariño）省会，南与厄瓜多尔交界（见图1）。外祖父塞贡多·何塞·莫蓝·特乔（Segundo José Morán Trejo，1913—1982）从一个德国彩砖厂商那里承接了这项企业。出品的砖片是在水泥砖板上加彩色图案，不褪色，所以在哥伦比亚非常流行。玛丽亚称父亲是艺术家兼实业家，从他身上遗传了对色彩和颜料的高度艺术敏感。

琳娜说母亲身为教授，对艺术教学有严格的标准，对学生（包括她和土木在内）一视同仁。曾多次婉拒私立大学的高薪聘请，一直在生源较为优秀的国立大学任教，那里尽管不少青年学子出身贫寒，但他们穷则思变，锐意创新，极有前途。这使我对接下来的听众，有了很高的期待。

关于晚上的讲座，可见第十篇随笔《语词即图像》。身为主持人，土木最后请玛丽亚对这次学术交流做一评点。她语调平和，说贡布里希（E. H. Gombrich，1909—2001）《艺术的故事》，是她用了几十年的教材，看来要重新写了。而讲座前，正是她特意借给我这部名著的西班牙文译本，厚厚一册，作为参照。这一观察寓意深刻，因为那正是我要挑战现有艺术史主流叙述的初衷。

晚餐是在哥伦比亚最火的一家艺术美食餐馆（Crepes & Waffles），玛丽亚和我邻座，又给我一个意外。她请琳娜把一封哥伦比亚大学美术学院教务长的感谢信英译给我听。原来在讲座结束后，玛丽亚先去办公室取来这封公函，这令我十分感动。同时，她带来了几种美术学院的出版物，从学报到她的画展图录，还有新近的同仁作品集。她客气地说："你先看看，如果没有兴趣，不必带回去。"

这就是我第一天和莫蓝教授的交往经过，虽然低调，但质朴动人。

第二天下午四点多钟，我们从韩伯托家出来，土木说要去一个画室，但没说和玛丽亚有关。

天开始下雨，我们却打不上出租车。走了几条街，土木就说起我们要去的画室。1983年，著名艺术家桑地亚哥·卡德纳斯（Santiago Cárdenas，1937—　　，图6-1）组织一群哥伦比亚代表人物，共20人，发起成立"合作画室"（Cooperartes），开辟独立的艺术展览场所，

图 6-1
[哥伦比亚] 桑地亚哥·卡德纳斯：
《黑板与自画像》，
油画，
86 cm × 130 cm，
1994 年，
哥伦比亚共和国艺术收藏馆藏
（Colección de Arte del Banco de la República）。

图 6-2
[哥伦比亚] 玛丽亚·莫蓝：
《月桃的自然交响》，
油画，
100 cm × 140 cm，
2011 年，
玛丽亚·莫蓝提供照片。

以区别于商业画廊。1986年"合作画室"在一个很好的地段成立，玛丽亚在老师卡德纳斯的鼓励下加入其中。早期的活动包括组织展览，开办艺术课程和讲座。艺术家以捐赠作品，或编印画家的履历资料，来募集经费。由于艺术名家很忙，因此画室的日常打理，被某些图谋私利的人钻了空子，最后不得不两度搬迁，偿还债务。从千禧年开始，画室由玛丽亚·莫蓝教授主持。当时，"合作画室"只剩一个虚名，靠租房间给律师和其他与艺术无关的人，苟延残喘。周六下午为儿童和成人开办艺术班，是唯一的画室活动。为此，玛丽亚着手清除负能量，逐一请出律师等非艺术家，还清债务，使画室重归正途。她的理念很简单，这是一个艺术家为艺术家的机构，要根据社会发展的变化，不断调整完善。

土木接着说，15年来，画室的面貌焕然一新。一方面为艺术家提供低于市场价的租用空间，支持他们的创作和展览；另一方面，承办由波哥大市政府资助的艺术进驻计划（Artist-in-Residence），同时每周两次的儿童和成人艺术班照常进行，外加艺术家捐赠作品募集资金，保障画室的合理运转。哥伦比亚国内外的艺术家来享用这里的空间，切磋交流，增长技艺与识见。很多人在此出了名，在国内外产生影响。现在想租用这块风水宝地，还要在候选名单上排队。

总算挤上一辆出租车，直奔画室。下车时，天色已晚。略走两步，就叫开了沿街的一扇铁门，这就是玛丽亚主持的画室。土木说的风水宝地，其实是一幢旧建筑。拾阶而上，是其正门。里面有两层楼，分前后二进，所以有不少房间，可做独立的画室。进门过道的墙上，写着画室成员的名单，长长一串。

玛丽亚的画室在后面一进的二楼，沿楼梯上去，很摆的开。那里有画桌，几个画架，上面有尺幅不一的油画，有的画完了，有的还没收笔。墙边也放着大大小小的油画作品，都是玛丽亚的近作（图6-2）。每周的大学教课之余，她就来这里画画。我在她家看到小幅，虽然以红色暖调为主，但画面很沉静。韩伯托收藏她的几件作品，也基本上以亚热带雨林的植被花草作为母题。

从靠窗的画架上，看一幅大画，表现暖色调中的亚热带植物，小簇的红花由鲜绿的宽叶衬托，相互对照，十分和谐，好像把人们带到哥伦比亚西南部她的老家。几天前我在"彩虹河"的美好感受，又重现在庭园花卉的意象中。土木说，玛丽亚其实是在表现波哥大老宅的天井，在城区的另一头。如今，中国台湾商人陈先生已全部买下老宅四周的房屋，前两天又来找她，要收购这块地产，境况岌岌可危。那有她最早的工作室，保存着她的主要藏书，庭院内种着她所喜爱的花草树木，有她最喜爱的自然色彩。因此，玛丽亚近年的组画，从某种意义上说，是对即将逝去的个人往事做视觉追忆。

从性格上讲，玛丽亚与韩伯托正好相反。但这两位著名的艺术家，一生都在锤炼自己的艺术语言。如今，大量不同媒体相互影响，架上油画何去何从，成为无法回避的现实问题。很有意思，玛丽亚刚在画室里翻阅我带给她的2014年10月纽约古根海姆美术馆的图录。上面有高士明兄的主题文章，标题是"时间寺"，评析多媒体艺术家汪建伟的个展。先前汪建伟在中国美术学院读研时，专攻的就是油画。

对此，玛丽亚于2008年和正在美国哥伦比亚大学研究佛教的琳娜一起考察唐卡和酥油造像的制作过程，形成了独特感受。她告诉我，艺术的技术一面，总会有人传承，这是其功能所决定的，就像艺术家制作唐卡和酥油造像一样虔诚。她在《从庄严的对象到视觉的对象：唐卡和酥油造像》（*Del objecto solemne al objecto visual: Thangkas y tormas*，国立哥伦比亚大学艺术学院出版，2012年）学术专辑中，发表她对这个视觉转换的精神层面的实地考察，界定了跨越时空的艺术维度。我在想，这不也是一座艺术的"时间寺"吗？

从这本专辑回溯20年，玛丽亚讲到她1991年在中国对外艺术展览公司举办"哥伦比亚女画家玛丽亚·莫蓝作品展览"。在当年的作品图录上，有诗人开南的手书《〈离群索居之岛〉的草兰》，钢笔数行，一下把我引入一个独特的画境：

是谁让你高居处在灵魂之上
俯瞰众生
抑或承受这残酷的寂静
恐怖的笔浮过天空
哀伤的云淡淡
黄昏又空旷地漫延
成为远处茫茫的群山
这是生命中最悲伤的时刻
你灵魂平静如秋夜宁静的水
恬淡或孤独
是生命中最珍贵的内涵
而黑暗终将逝离
高傲的头颅依然如初
成为黎明的红帆

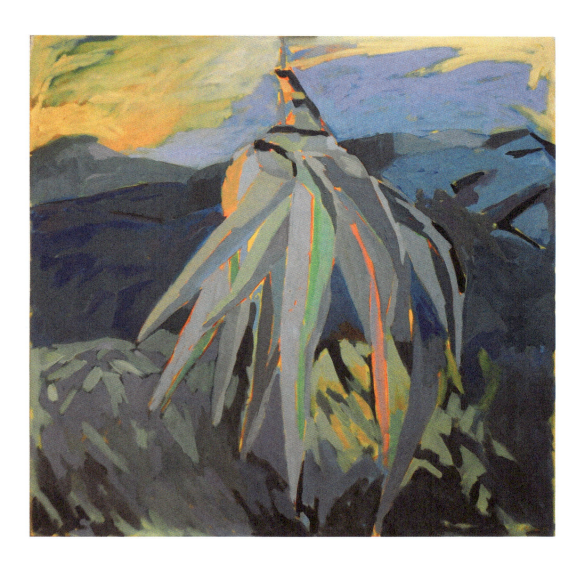

在兰科植物中，九节兰显得华而不实。相比之下，草兰生命力极强，不仅能抗严寒，而且质朴淡雅，清香可人。读诗看画，《离群索居之岛》（图6-3）在我眼前又呈现了马孔多的世界。因为诗人以象征性的语言，把画家孜孜以求的意境，转化为普遍的人类情感。试想：

图6-3
[哥伦比亚] 玛丽亚·莫蓝：
《离群索居之岛》，
油画，
126 cm×126 cm，
1990 年，
玛丽亚·莫蓝提供照片。

为什么高傲不屈代表最珍贵的生命内涵？

为什么离群索居会是画家所表现的意象？

为什么百年孤独成了诗人要赞颂的主题？

可惜诗人签名的笔迹潦草，看不清他究竟是姓宋还是姓吴，也和西班牙文的拼音对不上。但愿这篇随笔发表后，能联系上那位诗人，再续这段佳话。

1991年展出的10幅油画和20幅水彩作品，都作于玛丽亚留学西班牙期间，因此也引起她对美好往事的回忆。她1983年从国立哥伦比亚大学硕士毕业后，去历史名校马德里大学（Universidad Complutense de Madrid）深造，1991年获得造型艺术理论和教育学博士学位。那时南欧的经济好，生活宽松，与现在的情形大不相同。除了学习，可以有很多轻松愉快的时光，当然还有好多啤酒。用她的话说，那是她一生中快乐的日子，无所遗憾。紧接着，她去了中国，同样也留给她美好的回忆。晚餐时，她补充了一个细节——她在北京生了场病，曾被送去青岛疗养，当然也少不了啤酒的。

时间过得很快，我们来时打过照面的一位画巨幅抽象油画的意大利人，已经离开。玛丽亚带我们去看一个版画家的小工作室。这是位年轻的母亲，还带着婴儿来，对创作十分投入。我们看到桌上一本群体展的图录，其中有她表现城市生活的一幅版画作品，标价出售。能够参展，对她是很大的鼓舞，也体现了画室的作用。没出道的艺术家，需要这样的环境空间来提升信心。我们还参观了一位策展人的画室，他的装置，用纸板的建筑模型呈现展览空间，本身就是一件艺术品。

在画室前一进的二楼中心，墙上有关于"合作画室"的简介。玛丽亚告诉我，现在这个地方，是拉丁美洲最重要的作家和批评家玛塔·特拉巴（Marta Traba，1930—1983，图6-4）的故居。正是这位阿根廷著名女性人物，在20世纪60年代初建立了哥伦比亚现代美术馆，并把哥伦比亚艺术家博特罗推向国际舞台。特拉巴之子古斯塔夫·扎拉米亚（Gustavo Zalamea，1951—2011）是玛丽亚的同事，和她讲过小时候生活在这里的旧事。如今，玛丽亚真正在实践她老师卡德纳斯对"合作画室"的价值观："艺术是个人的行为，但艺术家们需要一个地方来聚会和探讨。这便形成了不同的画派。当人们谈论巴黎画派或纽约画派时，他们并不是在谈某种学院。相反，他们是指人们在交换思想时所涌现出来的那些东西。没有人能够

图 6-4
[哥伦比亚] 赫尔南·迪亚兹
(Hernán Díaz, 1929—2009)：
《阿根廷作家和批评家玛塔·特拉巴》，
黑白照片，
1966 年，
费尔南多·扎拉米·特拉巴
(Fernando Zalamea Traba) 提供照片。

独自成功。"

　　土木回忆了 2001 年他编撰《唯有素描》（*Drawing Only*）一书时，借用"合作画室"采访艺术家、拍摄作品照片等。2003 年，他在纽约视觉艺术学院读硕士时，为了准备论文，回到哥伦比亚半年，专门研究波哥大的金器博物馆藏品。身为"合作画室"的成员，他帮助组织博物馆专家来做介绍哥伦比亚摄影家费纳尔·佛朗哥（Fernell Franco, 1942—2006）的演讲，也为画室介绍了不少志趣相同的艺术家，如在 20 世纪 90 年代倡导在贫民区举办"波哥大的威尼斯双年展"（La Bienal de Venecia de Bogotá）的漫画风格艺术家富兰克林·阿奎尔（Franklin Aguirre, 1969—　）等。

　　我们和玛丽亚在此合影留念，因为 30 年来，这个画

图 6-5
[哥伦比亚] 比娅奇·冈萨雷斯：
《自杀的夫妇》，
油画，
100 cm × 85 cm，
1965 年，
哥伦比亚共和国艺术收藏馆藏
（ Colección de Arte del Banco de la
República ）。

室成为波哥大乃至哥伦比亚当代艺术史的见证。一个很精彩的例子，是墙上挂着的冈萨雷斯以英国女王为题的作品《庆典》（1979年）——让我想起她在哥伦比亚国家博物馆陈列的成名作《自杀的夫妇》（1965年，图6-5），演绎不堪社会等级重负的一对夫妇双双自杀的新闻，引起全国各界的强烈反响——从而将哥伦比亚的上下文，扩展到全球化的语境。尽管她不是画室成员，但也捐赠作品，还用其他作品参加"合作画室"的宣传介绍，以示支持。土木建议，就以这个画室为主题，制作一部纪录片，讲述这段活生生的历史。

学历史出身的我，对此举双手赞成。一个画室的历史，体现出它的共同拥有者的时代之眼。刚才在图书室看到书架上路易斯·戈麦斯（Luis Duque Gómez）的《哥伦比亚通史》（*Historia Extensa de Colombia,*

Bogotá: Ediciones Lerner & Academia Colombia de Historia，1967）大开本，洋洋29卷。从史前文化，到美洲印第安文明，从1500年前后西班牙殖民者的到来，到1810年7月20日国家独立，再从独立到1967年，哥伦比亚人民，真正成了历史叙述的主人。而中华文明，一部二十四史，正统的史官叙述，没有真正还原民众的历史，没有还原历史的原貌，岂不令人深思？

　　从二楼下来的过道上，我看到土木和琳娜2003年的大幅摄影作品《在空气中》，十分显眼（图6-6）。一块墙面的中央是PVC管道，管道被堵塞，由内向外，灰色、白色、天蓝和大红色，构成了一个图案，给人以强烈的视觉冲击。其"内外"的关系，朦胧不清，仿佛比利时超现实主义画家雷尼·马格里特（Rene Magritte，1898—1967）在《这不是一只烟斗》中对图像和语词关系的考察，只不过这是采用摄影的手段。他俩在作品集《预见或预测》（*"Second Sight" / "Doble Vista"*）中，采用中国的册页经折装，在这幅作品的背面，琳娜写道，那是"一个地方激发了另一个业已消逝之处的记忆，两者同时并存在一张纸上，兼有摄影和文句"。他和琳娜属于在20世纪90年代中期哥伦比亚经济危机和暴力激增时出国留学的一代人，希望在国外寻找发展机会，并通过跨语境的范畴，审视故土的现状。的确，这也可以用来很好地审视"合作画室"的故事——在不同的时空中，反思哥伦比亚的昨天和今天。

　　从画室出来，天已经很黑了。夜灯之下，我这才看到正门墙上的广告，预告年内画室同仁的作品汇展。等大门锁上后，我们又走在黑绰绰的小街上，准备去吃晚饭。这一路，离玛丽亚的家有六七条街，是她每次从画室独自回家的必经之路。我没有问，是不是她就在这条路上遭遇抢劫？难道是上天有意安排，以可怖阴森的黑夜，来让希望显得更加光明？而"合作画室"，就像一盏路灯，不仅成为一个理想的艺术园地，同时也点亮了哥伦比亚人的希望。土木事后给我看他2004年拍摄的玛丽亚和富兰克林·阿奎尔在"合作画社"门口的合影，有鲜红的"艺术万岁"的理想主义口号题写在"合作画社"名下（图

图 6-6
[哥伦比亚] 土木、琳娜：
《在空气中》，
彩色摄影，
150 cm × 100 cm，
2003 年。

6-7），了不起的精神支撑力，很让我感动。只要谁去过那里，就会知道哥伦比亚艺术家是在怎样纠结的生存空间中为艺术的理想而奋斗。

更精彩的是，莫蓝教授的画室还有故事中的故事。

为了实地勘察玛丽亚近作中的怀旧意象，我于15号早上，特意请土木开车去她的老宅看看。没想到，优雅客栈挂的那幅《耶路撒冷三部曲》的大照片（见图5-1），又一次出现在波哥大：原来这里向山坡一面的建筑，都是五颜六色，参差不齐。朝城里方向，也是如此，不齐之齐，煞是好看。前面提到的那位陈先生开在波哥大的"第二中国城"和各种作坊工场，已经把玛丽亚老宅周边全部包围起来。有趣的是，邻近一家店里的本地妇人，误把我当作陈先生，要找我谈生意。我们没有钥匙，无法开门进去参观里面的庭院，但后门沿街的铁树和花草，依然生意盎然。

不管老宅的命运会怎样，我从玛丽亚主持的"合作画室"里，看到了玛雅文化的后人依然通过草木花树，年复一年，将个人和群体的历史记忆，以自然的色彩，生动地留存在画面上，表达对于自然景物和文化传承虔诚的敬畏之心（图6-8）。

图 6-7
玛丽亚·莫蓝和富兰克林·阿奎尔
在"合作画社"门口，
2004 年，
土木拍摄。

图 6-8
波哥大玛丽亚·莫蓝旧宅庭院，
玛丽亚·莫蓝提供照片。

7.
土木

土木是我接触到的第一位哥伦比亚友人。

2013年五六月间，土木选了我的课。在研究生院近百位同学中，他交的中文作业，分析普林斯顿大学谢柏轲教授策划的《外转内——中国美术×美国美术×当代美术》展览，正好和我在写的《跨越语境　独辟蹊径——谢柏轲与中国艺术史研究》一文对口。征得他的同意，我引用了作业中一段出彩的评述，后刊于北京大学《国际汉学研究通讯》第9期。我回美国后，他写来西湖博物馆《外国人眼中的杭州》老照片展的观感，同样是跨语境的话题。鸿雁飞递，内人今年暑假准备去波哥大学西班牙文的事最后提上日程。我希望趁土木回波哥大的机会，去看哥伦比亚的国家公园，虽然我没关心具体的细节。

等到2015年五六月间回母校办"海外中国画研究概述（2014—2015）"讲座系列时，我和土木8月初在波哥大聚首的计划已经敲定。我请土木向我的学生介绍了哥伦比亚艺术家留学生在中国的片断，包括他的艺术作品。但关于他本人的故事，没有时间能够展开。

8月7日我到了波哥大，正好续上这个话题。

从机场出来，见到土木和他母亲。一坐上车，我们随便聊起来。我首先想知道的，不是土木的往事，而是他明年博士毕业后的打算：是报效桑梓，还是海外发展？

土木告诉我，他最近一次回齐亚，是两年以前。回国多与家人在一起，和年迈的母亲在一起，是他目前的考虑。在外游学18年，如同一个循环，体现齐亚、哥伦比亚和包括中国在内的整个地球村的互动变化。

这个循环，既是个人的，也是人类的。它源自马孔多的闭塞，又见证马孔多的开放，具有普遍意义。

还是在1995年初，土木在国立哥伦比亚大学艺术学院的第二学期，选了玛丽亚·莫蓝教授的课，探究材料和艺术制作的关系。出生于病理学教授之家，土木从小对父亲用甲醛浸泡的人体内脏器官切片就很熟悉。受此启发，他转遍了齐亚的屠宰场，买到了一个小牛心，和人的心脏大小相近。将它放在甲醛溶剂瓶中，封口的圆圈上面插了一张女人的旧照。在去教室的途中，琳娜见到这件作品，很好奇，问他作品的题目。土木说还没有。她马上取出一张纸，写了一个标题："满足请求，我送上女儿的照片，她送上她的心。"在那一刻，土木和琳娜成了理想的搭档，开始多年在国内外的合作。一进教室，这件作品引起热议，但玛丽亚却问："你后半学期的作品该怎么办？"果不其然，整个后半学期，土木做不出第二件同样出彩的作品。就在困惑之中，他从图书馆的一本英国艺术杂志上，看到达明·赫斯特（Damien Hirst, 1965—　）的甲醛浸泡的动物剖析（图7-1）。土木大受刺激，痛感自己就像马尔克斯笔下的何塞·阿尔卡迪奥·布恩迪亚（José Arcadio Buendía），责备马孔多的闭塞。

《百年孤独》中的主角布恩迪亚上校经过苦思冥想，终于悟到地球原来是圆的！在他妻子看来，这又是一个发疯的念头。吉普赛占卜师梅尔基亚德斯（Melquiades）则坦诚相告："好啊！可惜这不过是举世皆知的旧闻。"上校只能抱怨马孔多的陋隘，决定要找到连接它和世界的路径。

出于同样的自责，土木决定去看外面的世界。

琳娜先他去英国留学，在伦敦圣马丁艺术和设计学院（Saint Martin's College of Art & Design）读影视专业。土木也去了那里，攻版画和摄影专业。接着他们再去纽约深造，土木在视觉艺术学院读了计算机艺术硕士生，之后在那里做了5年动漫和视觉效果自由撰稿人。又凭着天赋和勤奋，去北京学完汉语课程。他回到哥伦比亚，成为2011年唯一获得中国国家留学奖金的申请人，然后考上了中国美术学院邱志杰兄的博士生，真是了得！转眼已经三年，只剩下用汉语撰写一篇博士论文，拟在2016年夏天通过答辩，外加他个人的影像作品《三毛流浪马孔多》。

现在土木快要学成归国，我们先在波哥大重逢，不胜感慨。在吃过第一顿早餐后，土木谈到他回来几天碰到的熟人。琳娜在洛杉矶生活工作，而当年没有出国的，即使在政府机关，对于未来也很茫然。哥伦比亚在全球化，特别是城市化的进程中，无处不是挑战，无处不是机遇。还

图 7-1
[英国] 达明·赫斯特：
《牛犊》，
甲醛浸泡的动物剖析，
99.1 cm × 149.9 cm × 48.3 cm，
1994 年。

图 7-2
[哥伦比亚] 土木:
罗丹《加莱义民》雕塑
签名拓本,
42 cm×59.4 cm,
1997 年。

是布恩迪亚上校的苦恼,马孔多和外部世界有什么联系?两者间应该建立怎样的联系?

在波哥大第一天的落日余晖中,从蒙塞莱特山顶坐滑山车下来,望着窗外的远景,不知怎的,土木讲到家族中一位长辈。说每次听他谈出国见闻,好像总是大同小异。这个观察说明,见多可以识广,但见多却未必一定识高。这时,我眼前浮现出土木在杭州讲座时放的幻灯片——他的那幅水墨山水立轴《马孔多图》:孤峰挺立,空旷的山野,只有一条道路可以进出,几乎与世隔绝(见图5)。

土木1997年在纽约创立"哥伦比亚艺术索引"互联网页,很快引起同仁关注。在此基础上,他着手选编当代不同国家、不同年龄、不同性别、不同媒体的艺术家素描作品,在2001年用英文出版了《唯有素描》图册。卡德纳斯、冈萨雷斯、莫蓝等著名艺术家,都赠以素描原稿,热情支持。土木和琳娜也有作品发表,如土木用6B铅笔拓印青铜刻铸的法国现代雕塑家罗丹的名字,黝黑厚重,富于金石趣味,似乎预示着他几年后去中国深造的意向(图7-2)。他在与琳娜合写的前言中,响应罗丹所强调的"线的艺术",发挥冈萨雷斯"素描是艺术家灵魂"的观点。这本编印精美的图册,附有58位画家的简历,介绍拉美各国、美国、英国、意大利、南非和日本等国的艺术家,显示哥伦比亚人审视世界当代艺术的独特视角。

前一篇《画室的故事》提到土木和琳娜2003年的合

作（见图6-6，图7-8），是应国立哥伦比亚大学美术馆馆长之邀，策划了两个展览，包括他俩的摄影展和"唯有素描"展。而2004年他俩合作《预见或预测》这本摄影册，用英文和西班牙文双语出版，确切地呈现了跨语境的范畴，在全球视野下，反映哥伦比亚年轻一代艺术家的特殊境遇和一般关怀。

正是由于这种跨语境的阅历，土木提议，在我哥伦比亚的游程中，与他母校艺术学院的师生做一些互动。8月13号晚上和琳娜合作的公开演讲，14号一天的精彩访谈，效果都很理想。而对土木日后的打算，则是最后几天的交谈要点。

8月15号早上，我们去博亚卡省的历史文化名城莱瓦谷镇（Villa de Leyva，见图1）。从波哥大出发，阳光明媚。即使开车穿过治安堪忧的街区，心情也不受到影响。出城不远，忽然下起雨来。土木说，这段路有个绰号，叫"天漏"。它受两边高山的遮拦，云雾终年，雨水不断，是局部气候特征的典型。这和高速公路上所见各出入口壅塞的情形有相似之处。有一匝道出口，路旁正在兴建的工厂占用了本来要拓宽高速公路的地皮，形成了可怕的瓶颈状态。

不论是天象还是地象，我们个人生活经历中，瓶颈状态也同样存在。今年是土木的不惑之年。我和他有相似的体验，只是我40岁离杭赴美，和家人团聚，而他离杭返乡，回到齐亚。有意思的是，汉字"家"的威妥玛拼音（Chia），恰好就是西班牙文拼写的齐亚，好像巴西作家保罗·科尔贺（Paulo Coelho）《牧羊少年奇幻之旅》（葡萄牙语：*O Alquimista*）的主人翁，在世界上转了大半圈，最后发现宝藏就在家门口。

因为我迷上教书，便问土木，跨媒体艺术专长，是否能在大学任教，或者还有哪些其他可能性？土木说，波哥大有不少大学，国立大学的中国研究，其实很需要专门人才。各地教会大学也有空缺的教席，工资也比国立大学高，虽然福利远逊之。由于家不在波哥大，要求大的发展，创业的付出，和在国外有些相似。这样和母亲、家人在一起的时间也有限。

除了这些具体的考虑，还有一个制度上的因素必须考虑。在哥伦比亚，艺术家如果在学校教书，通常都被看作"教书匠"，而不是全职创作者。艺术家靠画廊发展，社会是其独立的空间。有了在杭州留学的经历，土木现在对这个现象的认识变了。导师邱志杰一年之中，几个月在北京，几个月在杭州，几个月在国外的创作教学，让他的学生通过试验

图 7-3
莱瓦谷镇教堂前的
大广场上举行的
国际风筝节，
2015 年 8 月 15 日，
张欣玮拍摄。

性教学，把生活作为一种艺术来实践，表明学校和社会，应该而且能够有机地融合在一起。导师的开创性精神，使土木看到如何取法乎上。从某种意义上讲，这样跨越教学和市场不同语境的尝试，比跨越哥伦比亚和其他国家文化的不同语境，更有挑战性，也更有现实意义。

中午刚过，我们到了莱瓦谷镇。在灿烂的阳光下，古镇的主要建筑物的轮廓，呈现得棱角分明，一派开朗清爽的气象。教堂前的大广场上，用栏杆围成一个封闭的活动中心，举行规模空前的国际风筝节。扬声器里乐曲奔放，主持人声音洪亮，富于感染力，连博亚卡省省长也出来祝词，好不热闹。参赛的风筝，样式多样，色彩鲜艳（图7-3），成组成队，在空中飞舞，气势非凡。

教堂广场的三面都是街市。我们在沿街的一家饭店门口，和那对去"彩虹河"时同行的瑞士情侣不期而遇，他俩正在打牌，不亦乐乎。我们要去镇上的旅游中心，是在一条老街上。内人要收集这里一些名胜的介绍资料。土木指给我看，德国的大旅行家和博物学家亚历山大·冯·洪堡（Friedrich Wilhelm Heinrich Alexander von Humboldt, 1769—1859）1801年曾在这里居住过，说明这个古镇的传统悠久。用西蒙·玻利瓦尔的话说："亚历山大·冯·洪堡做到的比任何一个征服者都还要多，他是一个真正的美洲探险者。"（图7-4）

这个评价非常深刻，因为无论是从事科学考察还是思想革新，"探险者"在发现新世界的同时，也一步步把现有的世界整合其中。洪堡和玻利瓦尔开风气之先，深化和完善人类对地球和宇宙万物的总体概念。在这样的语境中，马孔多的布恩迪亚上校，百年孤独、上下求索，成为各国文学爱好者所感佩的一个哥伦比亚文学形象。

中饭过后，时间已经快3点了。土木开车先到附近预定的家庭旅馆，再考虑后面的活动。我因为肠胃不适，留在房间内休息。他带来一本介绍画家冈萨雷斯的西班牙文图册，让我先看看，说第二天在镇上游览结束后，会顺道去看望这位老画家。

8月16号早饭后，我们参观完几处景点，正准备再去莱瓦谷镇，雨下大了，又是一番景色。这是风筝节最后一天，只有进来的游客，不见出去的，车水马龙，镇上壅塞不堪。我们决定绕道，返回波哥大。雨越下越大，而我们开车在高速公路上行进，一边听音乐电台。土木告诉我，马尔克斯的交往圈中有许多音乐家，有人就形容《百年孤独》是一部长篇叙事诗。这很有道理。世界上很多文学巨制，都是充满诗意的音乐吟唱。没有诗意，就不易分享共通的理念；没有乐感，也很难传递人类的心声。我不能读西班牙原文，英语或汉语的转译，都无法传达《百年孤独》叙事诗般的音乐性。如前文提到那位研究黄宾虹的友人和我说的："马尔克斯的原文，好像很现代，有的不用标点，但中文译文却没有那朦胧的美，享受不到文字的魅力。"这个观察入木三分，因为"那朦胧的美"，来自无法言传的音乐感。而我现在能够在马尔克斯的故乡享受拉美音乐的感人力量，真是美妙的艺术体验。就在这样的气氛里，我谈起了写这本随笔的完整构思，从景观、人物，到理念，自然成篇，有如天赐。我和土木说，这是回赠他陪我们寻找马孔多的一点心意。

一路前行，不到两个小时，土木说已靠近冈萨雷斯的乡间别墅。路过一个美丽的湖边小镇，继续往山里走。东岔西岔，开了好一阵，才在一条小路口见到围墙的大门。

来开门的是冈萨雷斯的丈夫乌班诺·里普尔（Urbano

图 7-4
纪念洪堡 200 周年诞辰邮票，
1969 年 5 月 3 日哥伦比亚邮政发行。
画面以安第斯山脉的中部山谷
金蒂奥地区（Guindio）优质咖啡生产地
纪念洪堡来此进行科学考察的业绩。

Ripcll）先生。他个头不高，但精干利索。穿着高帮雨靴，一身园丁的打扮。住在乡间，就和在农庄一样，必须事事自己动手。听土木说，这位著名的建筑师，有自己的事务所，曾和设计国立哥伦比亚大学美术学院楼、马尔克斯文化中心、波哥大市中心"广场大厦"（Las Torres del Parque，图7-5）的罗格里奥·萨蒙那共事多年。"广场大厦"的蓝图有他的签名定稿，而建筑师和画家夫妇从1972年入住的这个高端住宅区，依旧是他们现在波哥大的寓所。正因为久处闹市，到乡间度周末，回归自然，就像去教堂一般，对他们至关重要。

里普尔先生热情地招呼我们。冲到门口的，还有几条大狗，使冬天阴冷的气氛，显得热闹起来。进门是道路两旁的树林，看出去是在高坡上的住家，前面有很开阔一片草坪。进到屋里，从客堂的大玻璃窗向外看，可以远眺森林、湖泊和连绵起伏的安第斯山脉，壮观极了。那几条大狗，也在露天的餐桌凳上，蹿上跳下，异常兴奋。

见到冈萨雷斯，感觉和蔼可亲。在哥伦比亚国家博物馆和"合作画室"我看到过她的一些原作，对她政治波普的鲜明艺术风格，有清晰的记忆。现到她的乡间别墅造访，备感荣幸。她今年78岁，瘦小的个头。也许是阴雨寒冷，穿得较多，红色的羽绒装，显得十分精神。

在客厅和住房连接处，有块像天井一样的空间。主人请我们在一张方桌前坐下，边喝巴西的葡萄酒，边聊天南海北的事。冈萨雷斯说她在准备两个国际大展，一个在纽约现代美术馆，一个在伦敦泰特现代美术馆，主题为《世界走向波普》。她还说伦敦著名的蛇形画廊（Serpentine Gallery）邀她送作品办展览，此前该画廊曾邀艾未未做过展品。无意之中，把两个时代的人，不同语境的创作，放在一起，很有些超现实的味道。

冈萨雷斯问起土木在中国美术学院的近况。土木带来了导师给他题写的墨迹。今年春天土木曾寄给我数码照片，是邱志杰兄带博士班去景德镇实习时，为他写的两行字。现装裱成立轴，在客厅的梁柱上一挂，形式内容都别具一格：

"土气何须净，木梢本有鱼。"

书法是志杰兄最得意的传统功力，但笔墨分析偏偏最难。所以土木还是从内容说起。这是藏头题诗，先要解释土木的中文名字。还是在北京外国语学院时，中文老师移花接木，给他冠以"杜甫"的大名。虽然"诗圣"名声响亮，妇孺皆知，可是"甫"的笔画多，所以他拆"杜"为"土木"，一来自谦，二来也和他学过土木工程的实情相符。况且五行相生相克，正好"以木克土"，用这对基本的元素，显示自然的内在张力。

如何解读老师的题句，苦煞土木。前一句大白话，强调了接地气的重要性。后一句也用口语，颇费猜测。"缘木求鱼"是讲方法论的问题，志杰兄悟性过人，反其意而用之。看似不合逻辑的公案，转到西班牙语，不知会如何切中正题，由此可见语言的作用错综复杂。冈萨雷斯称道里普尔在语言方面的禀赋，说他留学欧洲，德、法、英文都地道纯正，毫不混淆，一开口就令人钦佩。这和韩伯托对德语的高度敏感异曲同工。而土木短短5年里，中文能达到听、说、读、写的专业水准，谈何容易！即便如此，语言本身的局限，却因为志杰兄的这一题句，尽显无疑（图7-6）。庄子所谓"得意忘言，得鱼忘筌"，更复何求！

我在想，要是土木回赠给志杰兄的《马孔多图》（见图5）立轴能一起挂上，也许更有意思。那是另一种文化地图，既普遍，又特殊——篆书题额，东方情调；墨笔山水，则仁智互见。

图 7-6
笔者在里普尔、冈萨
雷斯夫妇家中与主人
和土木合影，
右侧为邱志杰题句
立轴，
张欣玮拍摄。

　　时间过得很快，好像话匣子还没打开，天色便渐渐转暗。我们告别了艺术家夫妇，去齐亚土木的家。

　　一回到高速公路，齐亚就近在眼前了。作为波哥大的卫星城，齐亚是城市化的示例。以前，像他家的宅子，齐亚有不少。如今却只剩两处。我们车子路过那一处豪宅，占地很大，但已人去楼空。土木因为偶然一次机会，由母亲介绍，才进去张望过一眼。只有豪宅那沿街的高墙，把那里经历的沧桑，都遮掩起来，任人猜想。

　　我们到土木家时，路灯都亮了。这是一个丁字路口，而土木家的正门就是这条路的尽头。由遥控器打开大门，里面有他哥哥运货的卡车，占了一半位置。车辆进出，掉头不易，尤其是早晚上下班高峰期间，三面交汇的车辆一多，全靠一面反照镜，往往顾前不顾后。四通八达是现代市政整体规划的基本要求。土木家面临的困境，带有普遍性。如我暑假重游山西省会太原，就几次听不同的出租车司机在评说现任市长疏理省会公路交通的大动作。长效和短效，个人和社会，传统和创新，"拆哪！"是否就是唯一的选择，难以定说。通衢不通，成为历史和现实的直接冲突。

　　老宅有直角相交的两幢房子，中间天井，种着各种花草。土木家的书房很大。在父亲杰米·坎蒂罗（Jaime Cantillo，1935—2003）去世后，他的专业图书都捐给了国立哥伦比亚大学医学院，现有的藏书，

图 7-7
国立哥伦比亚大学波哥大
校区正门口所见风光，
笔者拍摄。

很多与文学艺术有关，也装满了几个大书架。因为母亲伊内丝·莫吉卡
（Inès Mojica，1940—　　）大学主修过陶瓷，对艺术十分理解也非常
支持。他的妹妹和妹夫原来住在书房的二楼。现自己在附近购房，带着
3岁的儿子，搬出去住了。

　　他的哥哥遗传父亲的科学细胞，专业是兽医，爱马成癖，在山里经
营一个牧场，有40匹骏马。土木特意临摹了北宋李公麟摹唐韦偃《牧
放图》相送，一幅手卷，装在镜框内，别有趣味。可惜没时间去那里看
看。后来土木寄来照片，对那个牧场，十分向往。其实在哥伦比亚的十
天，随处可见牛羊遍地的田园气象，就是在国立哥伦比亚大学正门口，
校园的大片草场上，也是同样的自然风光，浪漫抒情（图7-7）。

　　他的哥哥不喜交际，但关心时事，每天读报看电视新闻。还有，身
强力壮，吃苦耐劳，这对保障老宅的安全，是个福音。老宅也有足够大的
空间，可以存放马鞍器具，长长一大撂。这比放在马场内，要放心许多。

　　住屋的另一面，是个大院子。过廊上，好几只家猫正在吃晚饭。成
片的树林，和外面的世界用一道高墙隔开。院内有秋千，有滑梯，完全
可以开个幼儿园。环境安全，氛围自然，对小孩成长十分理想，或者说
有些奢侈。

　　大院的左面，一幢新的五层住宅矗立在那里。由于装潢新派，生活
设施齐全，土木母亲也住在其三层的一套住房中。而院子的右面，是邻

居的二层住房，好在有树林隔开。不难想见，房地产开发商当然希望将这个老宅铲平，兴建统一的高端住宅。

我们来到客厅时，窗外已经一片漆黑。客厅的正面墙上，挂着土木和琳娜的摄影作品《模拟的庭园》，是在日本高知县北川村拍摄的深秋红枫，背景如一轮圆月，象征阖家团圆（图7-8）。琳娜在《预见或预测》册页上，这样描述作品的立意——将"四月的樱花，开满玫瑰的草地和如火的秋叶同置一景"。这使人不禁想到唐代王维画《袁安卧雪图》出现"雪中芭蕉"的典故，一片禅境。客厅书桌上，放着土木父母的照片。感谢他们，让他和兄妹能衣食无忧，受到良好的教育。过去18年中，他在各国的研修，很多是自费完成的。譬如，我在杭州上课介绍的西文书籍，中国没有，土木就写信给家人，从国外邮购寄来。父亲过世后，母亲不但赞助土木出版作品集，而且一直是土木海外游学的原动力。无条件的母爱，使土木对家有特别深切的感情。

一天下来，我们都有些累了。在一间大的饭堂，土木带我们看中堂悬挂的曾外祖父画像。那是土木家的创始人拉法尔·杜安特（Rafael E. Duarte，?—1947）。土木新近才知道，这位先祖，生年不详，因为是私生子。但他凭着自己的才干，打出这片天下，成为齐亚的望族。在饭堂靠窗的一侧，挂着一幅风景画，描绘现在这个宅院的最初状貌。画的水平一般，可记录的场景却有显要的地方史和家族史意义，近百年前，老宅的四周，空荡无物，足见其先人创业的艰难（图7-9）。

听过这段家族史，大家在长条饭桌前坐下，把莱瓦谷镇边上那家家庭旅馆主妇送的自烤面包，就着龙井茶，做了晚饭。饭堂的窗沿上有个大水果盘，不同品种的水果，应有尽有，就像一幅静物画，诱人得很。我尝了皇帝蕉，口感清香鲜洁。

边吃边聊，进来了土木的母亲和妹妹，还有小外甥雅各布·洛佩斯（Jacobo López），刚从波哥大回来。他一张圆脸，活泼可爱，两只眼睛水灵灵的，会说话。起先怕生，在门口张望了我们一眼，就躲避开去。但因为外婆在，他还是凑了过来。雅各布每天来看外婆，早晚两顿饭没有外婆喂还不行。这时他父亲出现，也是圆脸大眼睛，个子不高，但很壮实。

土木父亲是东北方加勒比海地区来的，除教研外，也在波哥大的一家医院行医，很有声望。而母亲的家族则在齐亚经营玫瑰花生产，曾是哥伦比亚第一。妹妹大学学的是经济专业，妹夫在一家美国公司任职。他一口流利的英语，介绍其公司的鲜花业务对象包括我们常去的

图 7-8
[哥伦比亚] 土木、琳娜:
《模拟的庭园》,
彩色摄影,
150 cm × 100 cm,
2003 年。

图 7-9
[哥伦比亚] 佚名,
《齐亚丽塔和拉法尔·
杜安特宅院风景》,
油画,
26 cm × 35 cm,
约 1920 年,
土木提供照片。

Albertsons, Trader Joe's等大型百货连锁店。我问经济危机对鲜花供销的影响。他告诉我,在欧美,只要有人,就有玫瑰花的市场。波哥大的地缘优势是他服务的美国公司能稳操胜券的要素,其他国家不易竞争。热带能长年生产鲜花,而从波哥大航运去美国佛罗里达州的迈阿密,三小时的运程,价格最合理。再由那里统一周转,向北美各地分送。至于应对哥伦比亚国内各公司间的竞争,美国公司用其连锁网络,

图 7-10
[哥伦比亚] 土木:
《雅各布·洛佩斯
骑马图》（局部），
墨笔设色绢本，
28.5 cm×80 cm,
2013 年。

以压低价格等手段，使自己立于不败之地。问题是，这类似买办的工作，究竟为谁效劳，关系比较纠结。

　　和从事跨国贸易有关，土木家向来重视孩子的教育。内人和我，和土木母亲见面伊始，就用英文轻松交流，没有什么障碍。土木从小在齐亚上的私立学校，尽管不是美国人办，也大部分是用英语教学的。现在齐亚有美国小学，也有德国小学，有的从幼儿班一直到高中。所以饭桌上就开始讨论雅各布该去哪所学校的问题。我说，能不能问雅各布自己是什么意见。没想到他觉得德文学校也挺好。说这句话时，这个3岁男孩刚咽下外婆喂的一口饭。此情此景，让我对土木之所以希望毕业后和家人，特别是母亲在一起，又多了一分理解（图7-10）。

　　这部精彩的哥伦比亚家族史，如何在全球化和城市化飞速发展的大趋势中续写下去，是带有一般意义的难题。8月13号晚我的讲座前，我认识了土木的舅妈萨拉·冈萨雷斯（Sarah González de Nojica, 1943—　　），一位研究西班牙文学的教授。她出生于波多黎各，在哈佛大学读书时，和土木学建筑的舅舅奎勒莫·莫吉卡（Guillermo Mojica, 1937—2005）结为百年之好。舅舅1974年为城市规划部作的《齐亚发展愿景要素》，考虑到齐亚作为首都卫星城的困境和机遇，至今仍有参考意义。只是因为各种政治经济因素，未能付诸实现。不得已，他转而经营私人企业，向美国出口玫瑰花，非常成功。母亲家的上一辈，曾为齐亚修道院捐赠了一块地，建立临终关怀的场所，慈善义举，口碑盛传。另一位亲属，后来又建立了老年人活动中心，有1200人参加。土木母亲身为虔诚的天主教徒，一开始就在那里担任义工，舅妈萨拉和其他亲属也积极相助。现在土木的兄妹都参与其中，当然很快也会有土木的身影，还有雅各布，共同为桑梓文化尽一份心力。

时间不早了。我们辞别土木一家，趁着开晴的夜色，驱车返回波哥大。进入波哥大之后，和8月7号清晨所见相比，又是一番感受。这两个时段都没有堵车，行人也不多，周围的一切，显得那么静谧，那么平和。正是在这表象背后，比土木的齐亚老宅在城市化进程中何去何从更难预测的，是拉美城市高犯罪率中的人身安全问题，那也是18年前他离开哥伦比亚的一个现实考虑。

我回想起7号早上，我们的车刚在内人下榻的家庭旅馆门口停下，土木就注意到邻近一处公寓的二楼，住家还在派对。凌晨五点半，音响依旧震天价响。"这就是哥伦比亚人！"他感叹道。这次在莱瓦谷镇边上那个家庭旅馆过夜，16号早晨起床后，土木问我有没有听见夜里的喧闹。我睡得沉，只隐隐约约觉得有震动感，他说那是路对面院子里通宵的派对。除了拉美文化传统中音乐舞蹈的极端重要性，这种对艺术感受的最大化，不也是"艺术在我们这个不完美世界中"的作用吗？可以理解，14号在韩伯托家中，土木、琳娜和玛格丽特跳萨尔萨舞跳得那么开心。特别是玛格丽特的一段话，我记忆犹新。我问：

"比较纽约和美国其他城市的生活，你怎么看哥伦比亚？"

"波哥大的城市犯罪率高，这是事实。"她直言不讳地回答，"但这在世界发达国家的大都会也在所难免。纽约怎么样？洛杉矶怎么样？芝加哥又怎么样？如果是在错误的时间和错误的地点，遭遇灾难的概率没有两样。如果一定要理解我为什么会更热爱哥伦比亚，原因也很简单。不像很多发达国家的民众，哥伦比亚人对生活总是充满理想，这就是希望的所在。"

我想，这何尝不是对土木选择回家（齐亚）的确解？

无论土木的下一份工作会是什么，无论他个人的选择和社会的利益如何平衡，有一点是可以确信的，那就是马孔多对基本人性的界定。用《周易》的表述，便是"天行健，君子自强不息"。在这个意义上，土木是永远接马孔多的地气的。

三、理念编

8.

化石村

　　这本随笔的灵感，最初源于莱瓦谷镇的"化石村"（El Fosil）。

　　2006年版的《哥伦比亚导游手册》上，有关于那里"化石博物馆"的条目，但直到8月16日上午参观那个地方时，我才意识到它对任何想真正认识哥伦比亚的人来说，有多么特殊的意义。

　　这天早上，阳光从云层中透射出来，给人一种大病痊愈的痛快感。从家庭旅馆出发，放眼看去，这一带的山谷，没有郁葱的树林，但并不荒瘠。莱瓦谷镇的海拔高度是2118米，比波哥大要低500多米。这样的地势，在一亿几千万年前究竟如何，无从确知，但曾经沧海，绝非虚语。去"化石村"的时候有些绕，即使到了邻近的路口，也仍有打眼障的。路边有一个化石博物馆，对面还有一个专卖化石的店铺。好在内人事先查了网上信息，知道真正的要去的目的地还在里面。

　　村里的化石博物馆，前面停车场的一侧是旅游品商店，和博物馆平行的是一家饭店，墙面上的壁画，描绘田园风光，色调古拙淳朴，这样的自然氛围，很容易唤起人们的想象力，重构古生物学的景象，就像史蒂文·斯皮尔伯格（Steven Spielberg, 1946—　　）导演的电影《侏罗纪公园》那样，准备和各种关于地球生态演变的科学假说对证。我今年9月初刚去过银杏化石森林博物馆（Ginkgo Petrified Forest Museum），在我住的美国华盛顿州，了解到150万年前灭绝于北美洲、欧洲等地的银杏树，而唯日本、中国还保留着这一"活化石"。我去过几个恐龙化石博物馆，但从来不是恐龙迷，对《侏罗纪公园》和《侏罗纪公园2：失落的世界》，也谈不上有多大兴趣。即使在洛杉矶附近住过几年，也从没想过去看好莱坞的"侏罗纪公园"。因此，眼前这个博物馆，会有什么过人之处，还是个谜。

　　博物馆的门票成人每位6000比索，约2美元。但售票窗口前的地面，有菊石镶嵌，经过踩磨，乌黑乌黑，油光锃亮，感觉很"华奢"。很窄的入口过道。一进门，主体陈列，就是用围栏保护一个相当完整的古生物化石的现场（图8-1）。四周的两面墙上，画着巨大的壁画，也是已经灭绝的古生物，海洋、陆地、天空，飞禽、走兽、树木、花草、植被，诡谲神奇。这时，过来一位30岁左右的女子，名叫玛伊拉·阿莱罕德拉·冈萨雷斯（Maira Alejandra González）。她面相和善，气色红润，穿着"纽约大学"的白色运动套装，充满自信，来为我们导览。好在有土木，我能结合着展品，对玛伊拉的西班牙语介绍，了解得八九不离十。

在进门右手的墙上，挂着一幅黑白照片，是1977年拍摄的，已经有些破旧。玛伊拉由此讲了一段逸事，描述当地农民发现这具化石后的惊喜状况。村里的神父，出面要来接收这一文物，说村民要这些化石没有用。村民反驳道，你神父拿走化石，也和布道八竿子打不着，没让化石离开原址。经过协商，村民决定自己开办博物馆。所以现在的博物馆，从归属上，是属于村民的，并将地名改为"化石村"，以示自豪。

据介绍，这项发掘和研究，得到了巴拿马的史密森学院院长的指导，由莱瓦谷镇镇长和村民法人代表提供资助。在史密森学院的主持下，哥伦比亚考古学家继续展开调查。这具古生物化石，究竟是什么，因为非常专业化，从解说到翻译，似乎都不甚了了。但有一句话，说像这样的化石标本，此外只有在澳大利亚能见到，因此引起学术界的重视。

顺着这个提示，我通过互联网做了一点功课，了解了一个基本轮廓。

根据古生物学家的研究，这具化石标本，不是恐龙，而是已绝种的海生爬行动物，属于上龙亚（Pliosauroidea）大家族，和蛇颈龙类（Plesiosauroidea）近亲。它的学名是克柔龙属（Kronosaurus），又名克诺龙、长头龙。克柔龙以希腊神话中最年轻的泰坦（Titan）巨神克罗诺斯（Kronosaurus）为名（即克罗诺斯蜥蜴）。在以头颈粗大著称的上龙类动物中，克柔龙是体型最大的一种，生存于白垩纪早期，大约1亿2500万年到1亿1200万年前之间，前后延续了1300万年。1889年澳大利亚的

图 8-1
"化石村博物馆"博亚卡克柔龙化石的现场，
张欣玮拍摄

图 8-2
博亚卡克柔龙复原图，
Dmitry Bogdanov 绘，
2008 年，
采自 https://en.wikipedia.org/wiki/
Kronosaurus。

昆士兰发现了克柔龙的模式标本化石，以其地名命名为昆士兰克柔龙（Kronosaurius Queenslandicus），现存昆士兰博物馆。而在博亚卡省莱瓦谷镇化石村发现的这具化石，更为完整，其头长2.36米，牙齿尖锐，长7厘米。身长7.04米（可惜尾巴部分没有发现）。1992年德国学者将其命名为克柔龙属中的第二个种，即博亚卡克柔龙（Kronosaurius Boyacensis，图8-2）。还有一种分类意见，认为它和上龙类中的短颈龙（Brachauchenius）相近，因为后者是已知北美洲最后出现的上龙类，身长约12米，生存于白垩纪的美国与哥伦比亚，约1亿1000万年前。

　　除博亚卡克柔龙化石外，这里同时出土了大量软体动物如菊石科、龟类、鱼类等的化石，其中植物花草的品种也不少，部分陈列在博物馆主展厅和侧展室的玻璃廊柜中，个别有西班牙语的说明。在部分墙面上，还有几处化石堆积层的立面示意。今年春假在美国亚利桑那大峡谷的地质博物馆（Yavapai Geology Museum），有个形象的比喻，可以帮助我了解这些展品的相对年代。设想45亿年历史的地球像一部4500页厚的《地质百科全书》，若以100万年为一页，那么博亚卡克柔龙和其他化石的内容就在该书第4388到第4375这13页之间。而墙面上的实物示意，如同教科书中的彩图插页，虽然没有标明地质年代的顺序，但五颜六色，煞是好看。通过这一重要发现，考古学家开始明确哥伦比亚主要的古生物化石分布线路。1967年29卷本《哥伦比亚通史》出版。如果是10年后问世，又可添上地质时代的古老篇章，构成"地球史"的一部分。

　　在展厅侧室，也是满墙的玻璃橱窗，陈列动物和植物化石。忽然一个小女孩在门口探出脑袋，圆圆的脸，和玛伊拉非常像。小女孩大约八九岁，手里抱了个襁褓之中的小弟弟。她们应该是玛伊拉的一双儿女。果不其然，她们是来找母亲的。玛伊拉接过襁褓，继续给我们介绍靠窗玻璃柜子里的一具体型较小的爬行动物化石。就在这里，玛伊拉告诉我们，这个化石博物馆是村民自己经营的。我这才明白过来，公路入口处的那个博物馆是镇上第一个化石整理实验室，是政府与村民合作的产物。

图 8-3
化石博物馆讲解员玛依拉
和子女为我们指路，
笔者拍摄。

　　以建筑样式讲，或者从室内的陈列手段看，并无多少特别的地方。从公众教育的功能看，也并不完备。譬如展示的方式，缺少详细的标签提示，缺乏古生物科学的上下文，自然还缺少英文简介。但若以一个乡村的文化水平来衡量，则另当别论。过去只听说是村政府选举，但从未听说对文物事业的掌管。从常理上讲，出土文物，尤其是古生物化石，通常归国家所有。但如何界定国家的权利范围，因地而异。哥伦比亚有36个省和直辖市，要分清各级政府的权益，并非易事。所以，"化石村"化石博物馆这样的权益和职责模式是否具有代表性，评判的标准也各不相同。不同于在国家、省市博物馆的体验，这个在山谷中的化石博物馆，可以获得村民自治的感受。

　　我们是第一批游人，后面来的参观者，三三两两，也有讲解员带领或陪同，不过都是男孩，最大也不过18岁，在向游客历数家珍。所有的义工，文化程度参差不齐。像玛伊拉，不像有精深的学问，但她的热情和民本理念，令人钦佩。她让我们不去买街上兜售的化石，以避免乱挖化石的后果——这种主人翁精神，给我们留下美好的印象。

　　博物馆的参观结束，我问土木，是否可以和玛伊拉合影留念，因为这次参观，太有纪念意义了。

　　告别化石村前，玛伊拉抱着儿子，身边跟着她的女儿，指给我们去附近其他考古遗址的方向（图8-3）。

图 8-4
参观哥伦比亚国家博物馆的一家人，
笔者拍摄。

就是那个瞬间，我仿佛重新经历了第一天在哥伦比亚国家博物馆的见闻。那是在一楼展厅中遇到的一对年轻夫妇。他们带着一双儿女，正用心地观看原始初民的陶器和其他文物。小女孩很文静，八九岁，一条小辫子，挂在长长的浅蓝色羽绒套服外，十分可爱。当哥哥在静静地参观时，她手上拿着铅笔和笔记本，一边看，一边描画她喜欢的考古发现，聚精会神（图8-4）。除了远古时代的人类化石，展室中的陶俑和器皿，不但其造型独特，纹样绘制别致，而且和世界其他早期陶器，有不少相通之处。等看完原始社会部分的陈列后，这对兄妹开心地在一尊土著部落酋长的石刻前合影。从石刻边上的解说，可以知道这是哥伦比亚的穆伊斯卡人（Muiscan），其后裔分布在安第斯地区。据介绍，穆伊斯卡人的语言属于奇布查（Chibcha）方言，也称穆伊斯卡语（Muysca）或莫斯卡语（Mosca），属于奇布查语族。我在想，这家人会不会是土著人的后裔呢？于是，我好奇地请土木代我问小女孩的母亲，这么培养孩子，有什么期待？她说："带孩子们来国家博物馆，是让他们了解自己的历史，能把民族的文化传承下去。"

也是在那个瞬间，玛伊拉的手指，把我们的视线带向化石村的东北面，似乎在连接从化石博物馆到国家博物馆之间一段被抹掉的历史，一段用"哥伦比亚日历"叙述的土著文化史——这也是内人当天日程中的下一站。

这一站叫"小地狱村"（El Infiernito），离莱瓦谷镇4公里，位于开阔的山坡地上，曾经是土著先民穆伊斯卡人的古观星台和宗教祭祀场所的遗址。现辟为天文站博物馆（Estación Astronómica Muisca），用围墙和铁丝网圈起来，作为文物古迹加以保护，步行、骑马、开车都可以到达。

天文站博物馆售票处墙上，贴着一张由博卡亚省师范大学研究所和国家天文台的研究者参与这个古迹保护项目的说明。现代天文观测台的图片，让我回忆起在韩国的新罗所见的观星台遗迹和在墨西哥玛雅古都观星台（图8-5）的现场。前者比较直观，只有单立的瓶状石结构建筑；后者俗称"蜗牛"，因为椭圆形的观星台和蜗牛壳类似，是

图 8-5
玛雅古都观星台，
墨西哥，奇琴伊察，
笔者手绘。

为掌管风和学习的羽蛇神而设。观星台的门设在可以观察春季昼夜平分点、月亮最大南北倾斜及其他天文现象的位置。通过太阳照射在门上在屋内形成的阴影，玛雅人来判断夏至与冬至的到来。玛雅人在室内置放硕大的石头杯子，里面装上水，靠反射来观察星宿，以确定其相当复杂且极为精确的日历系统。问题是，光州和奇琴伊察[玛雅语的意思是"在伊察（人）水井口"，古代史料中也被称为"7个伟大的统治者"（Uucyabnal）]都是响亮的名字，为什么到了莫尼基拉山谷这一带，千百年来生活在这里的穆伊斯卡人的文化中心，却被诅咒成为"小地狱村"呢？

原来西班牙殖民者1500年初来乍到时，认为这是崇拜异教的场所，充满邪恶，就叫它"小地狱"。同时在附近建立天主教堂，动员土著人放弃原始信仰，皈依天主。但穆伊斯卡人并没有完全基督教化，因为礼仪和制度方面的传统，深深地根植在他们的生活中。

等我们在遗址公园里转了大半圈，来了个中年的解说员。她穿着有公园标志的工作服，精神抖擞。据说她当过教师，熟悉这里的文物，一开口，就抓住要点，活灵活现地把我们带到前哥伦布时代。虽然也

图 8-6
奇布查文化的古观星台遗址，
哥伦比亚博亚卡省莱瓦谷镇小地狱村，
张欣玮拍摄。

是西班牙语，但她的动作表情，帮助我加深对土木翻译的理解。

　　拉丁美洲土著的阿兹塔克、玛雅和印加文明之间的互动，是由哥伦比亚作为必经通道，在漫长的历史中传递。虽然玛雅和印加文明的重镇，没有分布在哥伦比亚境内，但拉丁美洲各土著部落内部的文明消长，成为哥伦比亚历史的前提。遗憾的是，在16世纪初西班牙殖民者到来之前，这里已是一片废墟，但各种祭祀活动还在延续（图8-6）。

　　1847年，哥伦比亚探险家华金·阿科斯塔（Joaquín Acosta）在这里发现的25根石柱，一半埋在莫尼基拉山谷。而中央的立柱，大约高5米，可能在双分时用来测量太阳的天象。德国科学家亚历山大·冯·洪堡，曾于1801年到过莱瓦谷镇，他根据阿科斯塔1848年在巴黎出版的《16世纪在新格林纳达的发现和殖民历史概况》（*Compendio histórico del descubrimientoy colonización de la Nueva Granada en el siglo décimo sexto*），注意到这些排石和日月星象的对应关系，认为这里可能是观测场，确认冬至、夏至点和春分、秋分点等天文现象。

　　1981年，由哥伦比亚人类学家艾利希尔·塞利斯

（Eliécer Silva Célis，1917—2007）主持考古发掘，具体勾勒出这里的历史场景。每根高大的粉红色砂石柱上都有刻环，如男根状。迄今出土的109根磐石，54根在北面的排石，55根在南面的排石，正好和东西走向平齐，显示穆伊斯卡日历，把整个地区分为北祭场（第1区）和南祭场（第2区）。以第2区为例，地层中有丰富的文化积淀，表层有动物遗骨、植物灰烬、红色矿物、花籽和树脂等；中层主要是祭奉用的玉米，表明当时的农耕生活的主体；底层是一个大的篝火遗址，有一些烧灼过的割石和石片等。根据碳14测定，时间距今约2880年到2490年。

2003年考古天文学家胡安·莫拉莱斯（Juan Morales）经过深入研究，发现从91°方位角，其主要的排柱在春分、秋分之时，指向黑鼻岭（Morro Negro，海拔高度为3426米）山顶的日出。而到夏至那天，这些排柱在同样的方位角，则对准从伊瓜克湖（Iguaque，海拔高度约3800米）升起的太阳，那里传说是穆伊斯卡民族的发源地。

解说员告诉我们，上述研究表明，这里是穆伊斯卡人为宇宙和天神家族举行祭祀活动的中心，其设计总体上比西班牙征服者的天文观察还要发达。对土著人的先辈而言，这里之所以神圣，不光是崇拜太阳神，通过实用和宗教的神秘仪式，观察流星和天象，而且更基本的在于获得宇宙和神灵的善果。这些历史遗存，跨越了不同的时代与文化，早在殖民文化前，已经有了哥伦比亚的历法，人们早就有着自己的作息规律，日出而作，日落而息，在安第斯地区一带，繁衍后代。

一听到"哥伦比亚自己的历法"的说法，我立刻想到了玛雅历法和人类早期文明中其他和后来通行的"公元历"不同的历法。更有意思的是，土木回去后找到塞利斯的考古报告，上面介绍了一块离现场4公里的巨石，高4.8米，宽7.6米，刻画了各种图像，都敷有红色颜料，有一个太阳，还有各种变形的舞乐人物、动物，以及头上戴一株玉米的人脸。另外一个图像，太阳像竖直的人形，成为光照大地、滋养万物的象征。更准确地说，晌午的阳光，消除了柱石下的所有阴影。按奇布查方言的解读，代表最

图 8-7
刻有太阳和蛙类的男根状石柱，
140 cm×30 cm。
笔者参考 1981 年艾利希尔·塞利斯
考古发掘报告手绘。

明亮的星球在地球上的后代，达到无忧无虑的目的。还有，在一男根状的柱石上，上端刻绘太阳图像，另一柱石的下端是蛙类图像（图8-7）。类似的信仰也出现在玛雅文化中。

从化石村到古观星台，哥伦比亚的自然和文化历史都提示我们，文化遗产就像神圣的庙堂，把自然和人类的过去，用实物记录在案，有待我们去发掘、研究和保管。对于西班牙殖民文化的主要内容，我此前只在波哥大蒙塞莱特山山顶教堂、"彩虹河"镇教堂和莱瓦谷镇教堂三处停留，虽然它们各有故事，却不是我的兴趣重点。在听了我13号晚上的演讲后，里卡多·委拉斯开兹（Ricardo Velásquez）教授送我《信史》（Credencial Historia）2015年特辑《哥伦比亚的艺术》（Arte en Colombia）——内有他和国立哥伦比亚大学另一位教授费尔南多·兰格尔（Fernado Urbina Rangel）研究哥伦布到达美洲前土著人的艺术成就及其研究简史和亚马孙地区岩画的专论。哥伦比亚考古学会的秘书长路易斯·多明戈兹（Luis Horacio López Domínguez）教授也送我他的专著《哥伦比亚：历史与考古中的里程碑》（Colombia: Mounmentos Históricos y Arqueológicos），书中不但考证了殖民文化中哥伦比亚的教堂建筑，而且著录了穆伊斯卡人等古代文明的金器（图8-8）、石刻和陶偶，表明土著和欧洲两种文化共存的历史。

我们认识世界的很多见闻，来自博物馆。如果从近代以来的博物馆系统看，不外是官办、民办两个侧面。在我的阅历中，"化石博物馆"堪称世界上最了不起的民办范例。把历史还给民众，它成了名副其实的民有、民治、民享的文化建制。在这个意义上，化石村的男女老少，才如此自觉地保护自己的文化遗产。沧海桑田，变化无穷；物种存亡，各有定数。地球45亿年演变进程中，人类的300万年历史如白驹过隙——如果以地球自转一天的时间来比喻，它仅占24小时中的最后1分多钟，而人类的文明史，仅占最后的几秒钟。在这部进化史中，博卡亚克柔龙这类爬行动物已经灭绝，但它曾经存在的历史比人类现有历史

长1000万年。从地球的变迁史来看，如果民众能够决定
自己命运的话，那么，人类文明的未来，或许会比博卡亚
克柔龙要来得乐观。

从国家博物馆到乡村博物馆，像玛伊拉这样的哥伦比
亚普通民众，在实践一种伟大的理念。这些年轻的母亲和
她们的孩子，正在重新阐释历史的意义。对她们来讲，认
识历史，可以从地球史和人类发展史的长时段眼光出发，
不仅纠正欧洲殖民者对土著文化的偏见，而且能更好地了
解当下、注重生态环境，就像化石村的村民，他们不仅拥
有历史（化石博物馆），而且拥有未来。

图 8-8
帕洛米诺河流域（River Palomino）的
金饰物，
直径 13 cm，
公元 200—900 年间，
波哥大金器博物馆藏。

9.

形塑

　　大约从1895年起，中国的知识界开始引进一个源自欧洲的外来语，把传统的艺术，用"美术"的概念，重新定义，另做分类。由于是从日语转译而来，1901年在广州岭海报馆排印出版《日本游学指南》，介绍日本东京美术学校的教程，以法国学院派的模式形成了亚洲西方美术教育的基础。天长日久，中国人渐渐忽略了"美术"和自己几千年来的"艺术"概念之间的巨大差异——因为在中国的视觉艺术门类中，书法独享至尊声望；而书写在西方"美术"门类中，鲜有一席之地。到了20世纪50年代，苏联的美术教育体系全面主导了中国的艺术话语，"造型艺术"尽管是局限于二维和三维的视觉艺术空间，还是社会上流行的观念。进入21世纪，我们用"跨媒体艺术"的趋势回看这样的概念转换，其利弊得失便一目了然。

　　来到哥伦比亚，视觉文化的语境和中国大相径庭，提供给我们重新思考视觉艺术的许多启示。从首都波哥大到外省，将哥伦比亚的当代艺术活动做综合考察，更有趣味。

　　果不其然，我在莱瓦谷镇就有意外的收获。15号到那里后，我们在镇上一家别致的饭店用午餐。可能是吃了加大量奶酪的通心粉，我感觉肠胃不适，就去客栈休息。躺在床上，我随便按动遥控板，看卫星电视转播的节目。忽然一个台跳出哥伦比亚文化部2005年监制的多集纪录片《形塑：哥伦比亚当代艺术》（*Plástica: arte contemporáneo en Colombia*），让我眼前一亮。其中讲述从20世纪八九十年代在卡利（也就是韩伯托这天举办从艺回顾活动的城市）的前卫艺术实验，当地著名的艺术家奥斯卡·穆尼奥斯（Oscar Muñoz, 1951—　　）建立了非盈利的艺术中心"怀疑广场"（Lugar a dudas），提倡实验艺术，包括观念构成、非描述性绘画和书写、公共空间的利用、装置艺术，诸如此类。而由威尔逊·迪亚兹（Wilson Diaz, 1963—　　）创办的"表演艺术节"（El Festival del Performance），以人体做的行为和观念艺术、影像艺术、光电媒体、再生材料，与20世纪和21世纪欧美乃至世界各地的情形相比，各有千秋。我很好奇，对于如此复杂多样的哥伦比亚当代艺术，官方媒体采

图 9-1
莱瓦谷镇的陶屋，
笔者手绘。

图 9-2
[哥伦比亚] 奥克塔维亚诺·莫拉莱斯：
陶屋卧室，
张欣玮拍摄。

图 9-3
[哥伦比亚] 奥克塔维亚诺·莫拉莱斯：
陶屋厨房，
张欣玮拍摄。

用"形塑"（Plástica）冠名。

"形塑"是否能概括哥伦比亚当代艺术的全貌，是我最后一篇随笔《语词即图像》将试图展开的议题。但这个概念的公众接受程度，可以从接下来的参观活动来做说明。

因为在客栈休息，我没去看附近出名的制陶工场，不过土木买回的几口大小不一的红陶缸，我略有印象。第二天，即8月16号，我们参观化石博物馆、观星台博物馆之后，天已经开始下雨，三绕两绕，我们的车开进一条土路。我和土木都不知道是去哪里。

原来内人事先从网上查到，附近有个陶屋（Casa Terracota，图9-1），前后费时15年，大功告成，破了吉尼斯纪录，所以想停下来看一眼。进入小路，看到有人在路中央用绳索拦住，路边还立着几个的陶烧人形，如同我们在哥伦比亚国家博物馆看到史前社会的俑偶，还有些类似日本古坟时代的"埴轮"造型。不远处，就是三层楼高的陶屋。这是建筑师奥克塔维亚诺·莫拉莱斯（Octavio Mendoza Morales，1950—　）天命之年"聊发少年狂"的惊人之作。门票每人7000比索，约2.5美元。今年开始向公众开放，作为集资的一种手段。

这时雨点大起来，我们买完票下车，就冲进这所奇异另类的陶屋。

在1996年，我们一家去过南加州的迪斯尼乐园，一天玩下来，我对人造的游艺场，没有什么特别的好感。不过眼前的这所陶屋，好像有些异样。我说不清楚到底有什么不同，在看过底层的大厅后，开始有点感觉出来。

设计和烧制陶屋，需要有总体设想，也离不开精湛的技术。这陶屋的主结构带有各种宗教成分，制造魔幻的印象。我从楼梯走上去，卧房的布置让我能在床上躺下，仰视天花板（图9-2），我这才意识到，原来这是真可以住人的居所！里面的设施，一应俱全。厨房可以做饭（图9-3），厕所可以净手，浴室可以泡澡，诸如此类，完全实用。游人来此，置身在真幻合一的氛围中，可以对主人如何在此施展其想象力，各自发挥。只见一对年轻夫妇，

图 9-4
[西班牙] 安东尼·高迪：
《米拉之家》，
彩色照片，
2013 年，
[德国] 林山石拍摄。

怀抱婴儿，坐在床沿上，四处张望，惊羡不已。他们的小儿子，东摸西碰，忙得不亦乐乎。看到这个场景，我给他们拍了全家福，祝愿他们能圆上自己的美梦。

在二楼的另一角，一个清纯的少女，穿着平常，服装的色彩并不鲜亮，但气质出俏，和一家人同行。她由闺蜜相伴，在各处拍照留影，成了这间陶屋的灵魂，让整个玩具般的设计变得生机盎然。

当我们走在陶屋的顶层时，内人说起在西班牙的巴塞罗那的见闻，包括建筑奇人安东尼·高迪（Antoni Gaudí i Cornet，1852—1926）的反现代主义创作。这让我想到德国老友林山石（Peter Wiedehage）博士前年寄来的照片（图9-4），也许因为他母亲和高迪都是加泰罗尼亚人，所以他的摄影感受很到位。高迪采用曲线，和柯布西埃功能主义的几何线条大异其趣，呈现出光怪陆离的造型。同样的自然语言，也体现在陶屋的设计之中。

在陶屋的后院，有一个池塘，边上堆着陶片，尚未竣事。从正门出来，一侧是又一处陶屋，作为酒吧，造型像蘑菇，供游人歇息，品酒、饮茶、喝咖啡。

据说莫拉莱斯每天都来这里，因为还有许多细节需要打理。我们未能和他有一面之缘，但看到一个电焊工，在底层的后大门旁焊制金属部件，用可再生材料做门窗、楼梯和灯架的支撑（图9-5）。陶屋的墙、地面、屋顶、烟囱等各大部件及装饰点缀，都是就地取材，在现场烧制的。在陶都做如此看似无用的作品，恰恰是显示了陶艺最有用的功能，特别是绿色环保的理念，令人钦佩。

很多年前，我曾在一篇评论中讨论实验陶品。从材料本身，到形象的塑造，人类初民的原创，使陶艺成为从自然走向艺术的第一步。以中国为例，史前的细石器文化，就是以黄河流域的彩陶和黑陶文化著称，而长江流域，则有夹碳黑陶等早期文化成就。进入文明时代，公元前210年秦始皇陵陪葬坑8000多个兵马俑的先例，是将陶烧的规模模式化，在批量烧制的基础上，再做个性化的表现。汉代六朝的随葬陶屋明器，则多为私家的赞助，风格各异。

眼前的这间陶屋，以一个人的想象力，显现形塑的各种可能性，不免眼花缭乱。莫拉莱斯和他的陶工们，用现代的技术手段，一层层烧制陶楼。虽说陶烧的温度要求不高，陶土的品性也与烧瓷用的高岭土不可比，但其艺术想象力和技术合成能力，依然令人赞叹。

如果要熟悉莫拉莱斯所借鉴的形塑手法，我通过事后的比较分析，觉得有三个资源挺有意思。

首先是西班牙的现代主义传统。从建筑到绘画，西班牙艺术家常常使魔幻和现实相互重叠。历数西班牙历代的绘画天才，从爱尔·格里科（El Greco，1541—1614）到胡安·米罗（Joan Miró，1893—1983），前后近500年，非常另类。其中哥雅（Francisco José de Goya y Lucientes，1746—1828）是民间画工出身，从梦幻到现实，穿插跳跃，随心所欲，一方面夸张梦魇中的巨人形象，另一方面把皇家群像漫画化，幽默之极，挑战封建等级特权。正如毕加索所说："艺术是个谎言，但是个说真

图 9-5
[哥伦比亚] 奥克塔维亚诺·莫拉莱斯：陶屋大厅门窗、楼梯和灯架的支撑，张欣玮拍摄

话的谎言。"而巴塞罗那人萨尔瓦多·达利（Salvador Dalí，1904—1989）超现实主义艺术的自我表述更精彩："我没疯，我很正常。"同样是超现实手法，米罗的儿童画和雕塑，天真烂漫，充满灵气。承接这一形塑传统，莫拉莱斯的陶屋成为后现代主义的自然产物。

其次是哥伦比亚土著陶艺传统。不同于为观光业提供的类似生肖图腾的外来陶饰制品，建筑师意在倡导莱瓦谷镇这个陶都本土的情调。我第一天在哥伦比亚国家博物馆看到的原始时代的陶偶，包括"记忆与国家"展室中的人形陶烧，说明民俗传统的"国家记忆"功能。如果说历史学家充当了人类记忆的器官，那么，土著的陶艺传统就是历史学家第一手的形象资料。在这个意义上，莫拉莱斯的综合努力，把一个国家的记忆民俗化了。

土木告诉我，他在纽约的时候，曾拜访过美国哥伦比亚大学的人类学家陶鑫，谈论了和现有的金器印象（见图8-8）不同的民俗学传统。这个传统并不是那么整洁的、纯形式的，而是沾满女子的经血和男人的精子，以象征生命的活力。这样的萨满礼仪，金器博物馆是不能够接受，也不愿复原的，因为其和现代文明的差距，以及出于很多实际的考虑，如文物保护、展示效果和日常机构运作等因素。区别于脱离原来上下文做文物陈列的方法，陶屋就和化石博物馆、古占星台博物馆一样，保存了质朴真切的文化语境。

最后也是最初的源头，是建筑师莫拉莱斯的梦。他在应对媒体采访时，就像所有关于艺术家的传说一样，讲他童年梦幻的影子。我们不妨信以为真，也可以提出质疑。每一个部分，都用陶屋的实景做示范，说明为什么这是个梦境。

大家都做梦，一个普遍的人的生理现象。所谓"梦人人会做，各是境界不同"。但把梦作为社会现象，并不是所有社会都接受和提倡的。严格地说来，这需要一种平衡，即个人和社会群体的平衡，使同床异梦，成为包容百家的符号。

对莫拉莱斯而言，问题是如何造梦？或者说，个人的梦想，如何成为现实？

从旅游经济的立场，具体文化设施，一切都在拉钱。但用什么来拉，则各有千秋。有些吉尼斯纪录很无聊，有些很荒诞，有些则很奇峭。莱瓦谷镇创下的吉尼斯纪录，属于后者。无用的梦境，变为当地文化地理的卖点，使之大有英雄用武之地。尤其是对孩子来说，这里的本土文化，就像树屋、野地露营和其他形式的原住民住处一样，能产生丰富的联想。

这是否为人人有房的"美国梦"翻版呢？也许哥伦比亚的现实与之相似，也和它的宪政基础吻合。土木说他过去看世界，除了美国迈阿密，整个世界都很遥远。看看波哥大郊外的贫民窟，看看美塔省会旧城杂乱的建筑布局，看看南方村落的简陋住宅街，眼前的陶屋仿佛是一种超越，把游人带到非真非幻的居住空间，给大家一种希望。

在宗教传统深厚的文化中，梦境是天堂的代名词。天堂的西班牙语词根，和英语一样，来自波斯语。在印度，得乐园和失乐园，成为所有宗教的轮回象征。而宗教建筑的示范，恰好把梦境物化了。

这是个人的梦，更是集体的潜意识，就是卡尔·荣格（Carl Jung，1875—1961）分析的大画面。莱瓦谷镇的陶屋，呈现了关于形塑的一般性启示：

情节并不重要，重要的是它背后的理念。
描述并不重要，重要的是它背后的理念。
时段并不重要，重要的是它背后的理念。

在这个意义上，我们来重新看待形塑的价值，即通过人类的共同思想积淀，包括他的原始性和多元性，确认我们原来都是人。

就是在这样的启示中，我们返回波哥大。

我们飞离哥伦比亚前的行程，是在波哥大参观玻利瓦尔广场和现代艺术馆。金器博物馆和其他一些单位周一闭馆，所以哥伦比亚共和国艺术收藏馆也成为我观察拉美"形塑"理念的最后亮点。从国家博物馆开始，到现当代艺术收藏结尾，两项活动，一前一后，时序相接，给我的哥伦比亚之行画上一个完满的句号。

走进哥伦比亚共和国艺术收藏馆，首先看到的是历代的造币机，像古董一样，是硕大的金属器械。从体制上讲，这个地方不是文化部的下属机构，而是由共和国银行（The Banco de la República）投资，负责收藏艺术，特别是哥伦比亚现当代艺术。我1987年在德国科隆参观时有一个惊喜，那里的人民银行（Volksbank）总部，以收藏表现主义女性代表画家凯绥·珂勒惠支（Kaethe Kollwitz，1867—1945）的作品著称。哥伦比亚共和国艺术收藏馆，正是以同样的资源，推动现当代的艺术，免费向社会开放，体现出哥伦比亚公众对文化艺术的热情和投入。和哥伦比亚国家文化部对现代文学艺术的提倡相辅相成，这形成了全民参与的社会风气。

再从内容上看，虽然同样陈列哥伦比亚现当代艺术，国家历史博物馆侧重于图说包括现当代在内的历代通史，而共和国艺术收藏馆强调的是现当代艺术现象，虽然两者从来难分彼此。对历史叙述而言，最大的争议，是关于它的当代性问题。对艺术叙述而言，争议更多。譬如，艺术有没有历史？如果有的话，为什么会有历史？有什么样的历史？怎样叙述正在发生的历史？诸如此类。2013年，我在增订《中国美术史》大学教材时，加了《20世纪及以后》一章，碰到的是同样的难题。一方面，前代的艺术，尽管有盖棺定论，也同样仰赖其后续影响，成为现当代艺术创作的重要资源。另一方面，现当代艺术就发生在叙述者的经历中，却因为现实语境变换无穷，只能钩玄提要，突出当下的重大议题。

对于公众而言，前代艺术告诉大家"我们从哪里来"。而现当代艺术则和所有人的生活发生联系，提醒人们"我们现在哪里"，意在喻示"我们到哪里去"。

这也许就是历史博物馆和共和国艺术收藏馆的临时分工吧！以即将在中国国家博物馆和上海中华艺术宫先后举办个展的哥伦比亚艺术巨匠博特罗为例，哥伦比亚国家博物馆中他的早年和晚年作品，是作为同时期拉美艺术的一员展示的，点到为止；而共和国艺术收藏馆中他的专馆，则全面呈现他对哥伦比亚当代艺术的贡献。也正是在这一点上，中国国家博物馆举办他的特展，重点也是着眼正在发生的拉美艺术，起到直接的认识沟通作用。

哥伦比亚共和国艺术收藏馆的陈列分许多展厅。这个西班牙殖民时代典型的建筑群，很自然地把我带到比较熟悉的美国南加州的类似文化遗存中。从二楼过廊凭栏俯瞰，一个封闭的天井，中央有圆形喷泉，四周是花草树木。一楼关于早年殖民文化的艺术和天主教的传播的陈列，好像非常配对。只是里面陈列的解说词，早已换上了后殖民主义的话语，给人一种新的错觉。

我们从那里走到新扩建的庭院中，在咖啡厅喝茶休息。庭院尽头，有一大块黑色大理石照壁，流水从顶上直下，和旧式的喷泉不同，给人以现代艺术的鲜明印象。加上另一面墙院粉白色墙面的衬映，余晖之中，黑白分明，尤为显眼。不少来客立此存照。

而咖啡厅的另一侧，是扩建的展厅，四层楼高的玻璃钢结构，与旧式的建筑群，迥然有别。这段时间，正好有阿根廷和其他拉美国家的跨媒体艺术家的大型装置，我们登扶手电梯而上，饶有兴趣地穿越其间，从假想的光影隧道到民众抗议暴政的实录重现，经历了一场又一场

图 9-6
[哥伦比亚] 费尔南多·
博特罗：
《艾里沙·委拉斯
开兹的游击队》，
油画，
154 cm × 201 cm，
1988 年，
哥伦比亚共和国艺术
收藏馆藏
（ Colección de Arte del
Banco de la República ）。

视觉震撼。

　　和波哥大市内的博特罗美术馆不同，共和国艺术收藏馆中的博特罗专馆，既有他本人后期作品常年陈列，也开辟了他个人收藏陈列馆，构成整个哥伦比亚世界现代艺术品收藏的主体。

　　先以博特罗丰富的个人收藏为例，它很好地体现了欧美和拉美各国前卫代表的重要趋势。或许是身处西班牙语系之中，我们在这一收藏中，可以欣赏到西班牙现代派一流人物，如毕加索、米罗等人的画作。同时，绘画以外媒体的藏品，如瑞士人阿尔贝托·贾科梅蒂（Alberto Giacometti，1901—1966）以细瘦造型见长的精品，包括雕塑的素描底稿。这告诉观众，博特罗的艺术风格，包括其浇铸和雕刻人物作品，是在一个怎样的现代艺术潮流中，博采众长，确立自己的参照系坐标。这些藏品，体现出艺术家对世界正在发生的一切，非常熟悉，非常敏感，也非常重视。因为他关心的是人类共同的命运。

　　和如此精心建立的现代艺术收藏一样，博特罗的个人创作，历时数十年，最后在矮胖子的基本造型下，自成一家。请看他如何演绎历史上的名作巨迹——从《蒙娜丽莎》《宫娥》，到布朗库西、亨利·莫尔，如何释读哥伦比亚的现实冲突——从丛林里的游击队（图9-6），到地震后的波帕亚（Popayan），如何描绘寻常百姓的市井生活——从婚丧喜庆到器用摆设，无一不带上他独特的视觉语言标记其针砭和幽默、专

图 9-7
[哥伦比亚] 费尔南多·博特罗：
《伴侣》，
青铜雕塑，
246 cm×174 cm×30 cm，
1993 年，
哥伦比亚共和国艺术收藏馆藏
（ Colección de Arte del Banco de la
República ）。

图 9-8
[哥伦比亚] 奥斯卡·穆尼奥斯：
《贫民窟》，
炭笔纸本，
100 cm×204 cm，
1976 年，
哥伦比亚共和国艺术收藏馆藏
（ Colección de Arte del Banco de la
República ）。

注与夸张，把真实和理念，错落并置，融入观众的预期之中，又超乎人们的想象之外，传达了朴实和共同的人间关怀。

除绘画外，博特罗的雕塑作品也自成一家，从石雕到铸铜，体积硕大，置放在几个展室中央和衔接处，给观众以难忘的印象（图9-7）。这使我们进一步来思考"形塑"的要义。通过参与正在发生的现实生活，当代艺术直接改变人们看待世界的方式。有别于长时段的历史观，这种视觉参与，其相关的语境都是高度个性化的，因人、因时、因地而异。用博特罗的话说："我的课题，是用我的艺术去改变现实。"我想，用艺术来重新塑造我们不完美的世界，也许便是"形塑"的本质所在吧！

从某种意义上说，博特罗呈现的视觉喜剧效果，和巴尔扎克构成《人间喜剧》的96部小说有异曲同工之妙。所不同的是，前者的现代艺术语境，和20世纪与21世纪的世

人生活，息息相关。不知是否负后像（即视觉残像）潜移
默化的作用，我们在博特罗的展室中，在共和国艺术收藏
馆内，在波哥大的街面上，总是遇见这些男男女女的胖矮
人，对号入座。正因为如此，博特罗的个人作品和藏品的
永久陈列，启发观众借助现代艺术，建立当下和历史的内
在联系。

　　处在不断变动的社会语境中，哥伦比亚艺术家的创作
充满对比和反差。和桑地亚哥·卡德纳斯静谧的客观审视
（图6-1）和奥斯卡·穆尼奥斯深沉的现实反思（图9-8）截
然不同的，是长年生活在巴黎的路易斯·卡巴来洛。身为
艾滋病患者，他用男性裸体表现奔放的激情和欲望的冲动
（图9-9），而且作品多以《无题》向歧视同性恋的社会偏
见挑战，极大地丰富了形塑的视觉语言。

　　然而，在我看到的所有陈列中，没有任何瞬间，比拉
美现代画展展室中一个小小的陈列橱窗更加印象深刻。我

图 9-9
[哥伦比亚] 路易斯 ·
卡巴来洛：
《无题》，
油画，
195 cm×113 cm，
1989 年，
哥伦比亚共和国艺术
收藏馆藏
（ Colección de
Arte del Banco de la
República）。

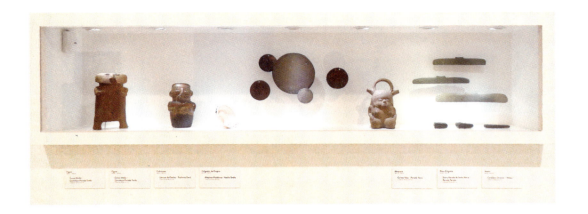

图 9-10
[哥伦比亚] 佚名：
陶俑、铜镜、玉器什物，
笔者拍摄。

们往来于哥伦比亚和拉美现代绘画的作品时，注意力全部在当下。像这个玻璃橱窗，嵌在一面展室的墙上，如不留意，会忽略带过。我定神一看，真的不敢相信自己的眼睛（图9-10）。

原来，这个窗口的左侧，有三个古老的陶俑，人形奇特，与日本绳文时代的俑偶，以及许多出现于人类早期的偶人相似。窗口中央，是五面铜镜，质地单薄，显然作为萨满的法具。窗口的右侧，则是中美洲和南美洲的玉器什物，看形状或为刀具，但尚无定说。我们知道，古代世界，只有中国、新西兰和中南美洲创造了玉器文化。

但这些和现当代美术有何关联？！

这就是我们艺术史的难题所在。原来，那些土偶和毕加索的作品，好像出自一人之手。那些的圆镜，仿佛美国人亚历山大·考尔德（Alexander Calder，1898—1976）的移动雕塑，但年代不知相去多远。而那些玉器的造型，和日裔美国艺术家野口勇（1904—1988）的抽象雕塑，又有暗合默契之处！

假如艺术真有历史，那么，它的发展，是否后浪推前浪，一代胜于一代？2014年夏天，我在湖北省博物馆看到湖北随县擂鼓墩出土的战国时期曾侯乙墓的器物，对其巨型棺椁的图案，印象极深，因为之前我在法国南部山城圣保罗—德旺斯参观现代派巨匠马蒂斯晚年设计的罗塞尔教堂（Chapelle du Rosaire），里面我最心仪的一扇忏悔室的白色木门（图9-11），其图案竟与公元前433年曾侯

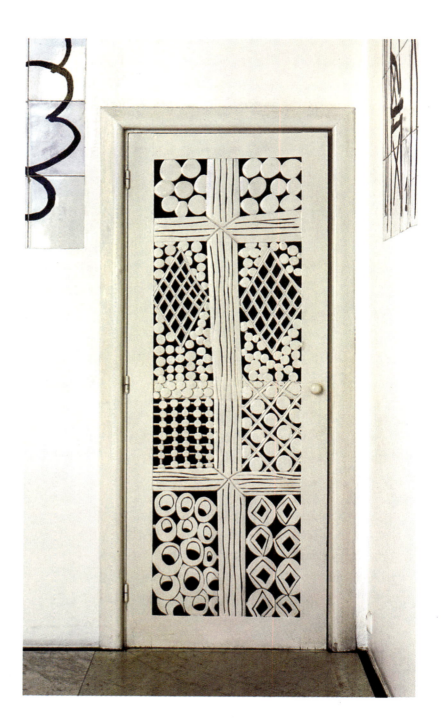

图 9-11
马蒂斯设计的罗塞尔
教堂（Chapelle du
Rosaire）忏悔室木门，
法国圣保罗—德旺斯，
彩色照片，
[德国] 林山石拍摄。

图 9-12
战国曾侯乙棺椁的图案，
公元前 433 年，
湖北省博物馆藏，
笔者拍摄。

乙棺椁的漆绘图案若合符节（图9-12）！20世纪中，毕加索站在西班牙阿尔塔米拉旧石器时代的洞穴壁画前，被先民的创造惊呆了：三万多年来，历史似乎定格在原始壁画上，从未发展，犹如他1954年所做的公牛图概括那样，力求原始主义的状态。

拉丁美洲土著印第安各种文明之间的互动，在漫长的历史中延续。在哥伦比亚国家博物馆的底层，有一些重要的考古实物陈列，说明这种转接的关系，虽然玛雅和印加文明的重镇没有分布在哥伦比亚境内。在欧洲殖民者到来之前，拉丁美洲各土著部落内部的文化张力，是后来全部历史的根基。不同地缘文化中的形塑传统，归根结底，在于以形传神。至于呈现何种形貌，则取决于它对不完美现实的揭示和超越。偌小一个的窗口，成为观照哥伦比亚艺术的契机：从远古到当下，从土著文化到全球化艺术交流，都被定格在一个神奇的瞬间。这个瞬间，使哥伦比亚形塑传统的独特价值，凸显于世界艺术的宏大叙述之中。

10.

语词即图像

感谢玛丽亚·莫蓝教授的悉心安排，我的公开讲座于8月13日晚如期进行。虽然我具体的讲题直到去"彩虹河"前才敲定，但多年来一直盘旋在我头脑中的艺术史叙述难题，却定下了这次演讲的基调。

前一篇随笔提到，1895年以后，西方的"美术"概念从日语译介到汉语中，迅速改变了中国正统的艺术史叙述。即使如此，1917年由姜丹书撰写的第一本中文《美术史》师范学院教材，仍然突出了书法篆刻的地位，将其作为世界美术的重要组成部分。1925年黄宾虹《古画微》的通史叙述，用"书画同源"开篇，把刻划符号和巴比伦文字做比较，与他同一时期的《欧画》的笔记，相互印证。相比较之下，法国人1887年开始应用"造型艺术"来系统描述中国艺术，从雕刻、建筑、工艺的各个门类，到绘画，唯独忽略的就是书法。直到1997年牛津大学出版柯律格（Craig Clunas, 1954—　）的《中国艺术》，才专门开辟一章，谈《作为精英艺术的书法》，体现出西方主流的艺术史叙述接受书法所经历的110年漫长过程——部分印证了英国著名汉学家亚瑟伟力（Arthur Waley, 1889—1966）的看法。在一次公众演讲之后，一位女士问他："欣赏中国草书需要多少年？"他回答说："五百年。"

为什么接受书写语词的"写意"传统，对以"形塑"为主导的美术史叙述来说，需要这么费时费力？简单说来，是西方社会在形象的模仿历史中，从古希腊到意大利文艺复兴，形成了再现艺术的主流传统，直到1840年照相技术发明，才出现动摇。而中国从汉代到南宋的客观再现艺术发展，由于中国文人援书入画，在14世纪就改变了其主要的发展轨道，朝着主观写意的方向，高视阔步，不断更新。但是自20世纪初开始，中国的艺术革新主张中，连仕女月份牌画，也曾一度冒充"世界新美术"的名头，欺世盗名，鱼目混珠。而借鉴日本和法国美术教育制度建立的私人和国立美术学院，也以回到法国学院派的再现传统作为现代化的标志之一。最明显的一点，两所国立美术学院只有杭州的浙江美术学院（即现在的中国美术学院）在1964年建立了书法篆刻专业，作为对20世纪50

年代以来全盘苏化的素描教学体系的修正。在这种将书法排斥在外的美术发展趋势中，人们对艺术史的叙述，也脱离了中国既往的传统，把绘画造型的历史，作为主线，较为符合西方读者的兴趣。1995年美国芝加哥艺术学院的詹姆士·艾尔金斯（James Elkins, 1955—　）教授在《作为西方艺术史的中国山水画》一书中的假说，是典型的以"美术"形塑观来看待20世纪以来中外研究中国山水画传统的学术观点。这位以研究意大利文艺复兴为专题的学者，曾以《艺术故事的不同叙述》，向西方艺术史泰斗贡布里希《艺术的故事》（*Stories of Art*）的一家之言发难，但两者的基本立场并无根本差别。贡布里希把宋代山水画和古希腊雕塑、意大利文艺复兴绘画等量观之，作为再现主义的三个小岛，这本来是提升中国绘画的世界意义，但艾尔金斯仅仅用形塑的侧面以偏概全，把中国山水画作为西方艺术史叙述的附庸，显然是离事实更远的论点。

2014年9月初，我在西雅图美术馆听学术讲座时，得到美国华盛顿大学的华裔学者王海城教授惠赠的大著《书写和古代国家：比较视野下的早期中国》（*Writing and the Ancient States: Early China in Comparative Perspective*），此书为我们打开了一片新的天地。书中把早期中国文明的三大支柱之一文字书写，作为国家形成的主体，并在和古埃及、两河流域、拉美印第安文明中的阿兹塔克、玛雅和印加文化中的书写活动与国家形成的关系，用第一手材料做了精辟的分析和解读，让我们重新看待现有的各种关于世界艺术史的宏大叙述。特别是他对印第安图画文字的深入钻研，给我很大的启示。与此同时，王著在使用墨西哥和中美洲、南美洲的文献时，对哥伦比亚的部分付诸阙如，留给人们想象的空间。更重要的是，对于研究19世纪以后现当代艺术的书写实践，也就是我目前研究的时段重心，其主体不在国家而在民众，为我们认识现当代艺术，提供了历史的上下文。

2015年夏天在杭州，土木参加了我在中国美术学院研究生院介绍《书写与古代国家》读书心得的活动，正好和他的艺术创作有所关联。前面"民众编"提到，土木

图 10-1
[哥伦比亚] 土木：
《寻找梅尔基亚德斯》摄影系列，
新加坡，
2001 年，
土木提供照片。

在接触中国之前，就受博特罗、罗伊·利希滕斯坦（Roy Lichtenstein，1923—1997）等人的启发，有一个收集名人落款的系列。在伦敦英国议会大厦前，他用铅笔在纸上拓印罗丹《加莱义民》群雕铜像上刻铸的签名，就收入他的《唯有素描》一书。在他看来，艺术家在三维形塑的作品上签名，或许是对著作权理念和艺术家大名的崇拜提出批评，反思名实之间的关系，即《道德经》开篇的悖论："名可名，非常名。"还有，在1998年，他去新加坡，鉴于其热带环境和哥伦比亚的相似性，他联想到《百年孤独》中的吉普赛人梅尔基亚德斯殁于爪哇海的那一幕，于是2001年故地重游时，他便在海滩上立了刻有"Melquiades"名字的碑铭，创作了摄影作品系列《寻找梅尔基亚德斯》（图10-1）。这些又引发他注意到20世纪前期研究哥伦比亚金石文字的情形，如米格尔·特里安那（Miguel Triana，1859—1931）的《奇布查文明》（*La Civilización Chibcha*，1922），书中用比较的方法，将作者在哥伦比亚各地发现的岩画和书写符号，以及包括汉字在内的欧亚不同书写文字，并在插图中，魔幻般地想象在哥伦比亚中文学校的告示墙上，出现书写奇布查字母的画面（图10-2）。显然，他在金石学一端如能继续有所作为，或许可补充王海城教授著作中缺漏的奇布查文明的书写内容。

图 10-2
[哥伦比亚] 佚名：
《中文学校告示墙上书写的奇布查文字》，
采自米格尔·特里安那《奇布查文明》，
（波哥大：慈幼会排印学校，1922 年）
218 页。

基于这样的共识，我和土木、琳娜8月13号白天备好课，下午从玛丽亚家去国立哥伦比亚大学。土木的母亲和妹妹也一同来参加活动，增添了温暖的亲情。土木开车，我坐在前排副驾驶座，观赏浩瀚蓝天上浮动的彩云，感受波哥大市区傍晚热闹的街景，有一种难以言喻的喜悦。据说当晚在大学附近国家体育场还有一场大型明星歌手的演唱会，好在交通不算太堵，我们准时进了学校大门。对我来说，来到马尔克斯的母校，怎么能不让人兴奋？这里就连空气中都充满了魔幻现实主义的神灵，即便是听到年轻一代对马尔克斯的尖锐批评，也使人倍感亲切。我在想，"魔幻现实主义"并非拉美文坛的全部，同样道理，形塑的传统也无法囊括哥伦比亚视觉文化的一切，这难道不是我今晚演讲值得一为的理由吗？

穿过草坪，走近国立哥伦比亚大学美术学院，土木告诉我，这所教学楼出自设计"马尔克斯文化中心"的建筑师萨蒙那的手笔，在哥伦比亚很有名。可惜天色已经放黑，我只留下一个笼统的印象。在幽暗的楼道中转来转去，我们一行人来到讲座厅门口时，门还没开，那里有学生在张贴我们讲座的告示，好像埋了伏笔，等着好戏开台。土木的母亲和一些老教授互致问候，包括哥伦比亚考古学会秘书长多明戈兹教授，研究岩画的里卡多·委拉斯开兹教授等。土木把他舅妈萨拉·冈萨雷斯教授介绍给我，因为她毕业于哈佛大学，我们可以不通过翻译而用英文交谈。听说我们从"彩虹河"归来，她就告诉我，她的儿子不久前也去了那个神奇的地方，非常喜欢。这位退休的西班牙文学教授，近日担任全国讲故事大赛评委，一讲到出色的文学青年，她就喜形于色。

很快，管理员来了，开了讲座厅大门，我的眼前一下呈现了很美的画面。原来这个艺术史论专用的讲座厅恰好是整个建筑的精华，椭圆形的布局，显示萨蒙那运用几何形式语言的妙笔。教室的立面很高，感觉像一艘旗舰。和通常的阶梯教室不同，整个布置，是围着中央橄榄形的桌子，安放一圈椅子。而靠墙的两条弧形线，也有几排椅子。和入口相向的，是一面硕大的屏幕，让人想到乘风起航的白帆。在写这段文字时，我想这是否也算模仿绘画形象的一种表白？

这时，玛丽亚也来了，递给我英国费顿出版社2013年西班牙文第16版的《艺术的故事》，厚得像块中国的城砖。在靠屏幕的一端，我坐在琳娜、土木中间，正好面对着门口。没一会儿，教室就快坐满了。土木事先跟我打招呼，说这里没有学生向演讲人提问的习惯，这更引起我的好奇，想知道他们会关心什么？

讲座由土木主持，由他介绍我在美国和中国任教和从事研究的简况，很快转由我来接场。

我的第一句话，说希望能直接用西班牙语交流。这并非客套，而是肺腑之言。早在17世纪初，西班牙文学开山人塞万提斯（Miguel de Cervantes Saavedra，1547—1616）把《堂吉诃德》第二卷献给其赞助人时宣称，中国明朝皇帝听说了这本小说，马上派特使邀请他去中国，并开办西班牙语学校。不过特使没有带聘金，当然空欢喜一场。在西班牙语文学中，哥伦比亚文学巨匠马尔克斯的《百年孤独》却成为备受中国读者欢迎的文学经典，直接影响了作家莫言等人的创作。除了其文学作品荣膺2012年诺贝尔文学奖，莫言也发挥中国视觉文化的特色，以左笔书法名世，表明书写与语词的内在联系。今年五月他和作家协会代表随中国国务院总理访问哥伦比亚，向马尔克斯致敬，分享一种"回家"的感觉。试想，我若能直接用目前世界上第三大通用语言来测试其普遍性，会是多么精彩！如同大学网站预告这次活动的广告所言，这是一次交流（conferencia y conversatorio）。我们都期待和在座的听众在跨语境的范畴中沟通，达到默契。

非常荣幸，我有琳娜担任翻译，同时我讲英文比讲中文有更多听众容易接受。不过，语言是思维的一种模式，"语词即图像"的命题，用汉语就很难讲清楚，转译到别的语言，这中间的争议，就不难想象。譬如，谢柏轲为方闻新著《艺术即历史：书画合一》（Art as History: Calligraphy And Painting As One）写的前言，标题就和乃师唱对台戏：《书法、绘画、雕塑合一，但有时分为二、分为三》。好在任何语言都是武断的产物，包括了多种层面的可能性。如汉语语词有音、形、义三个层面，每一层面都可以出现歧义。正因为这种复杂性，其语词的形象（方块字）便担当了特殊的交流使命。

做好一个讲座，取决于多种因素。合适的氛围是把主讲人和听众自然地连接在一起。主持人土木和翻译琳娜18年前就在这里开始跟玛丽亚学艺术史，而他们的教材，就是我手上拿的那本厚厚的《艺术的故事》，代表从1950年到今天西方关于世界美术的主流叙述。它像奇妙的道具，一下拉近了我和听众的距离。我让大家看该书封套的设计，费顿出版社新版封底为秘鲁印加人的彩绘肖像陶壶，对比西班牙出版社1997年版以意大利画家卡拉瓦乔（Michelangelo Merisi da Caravaggio，1571—1610）的《基督复活》做的封面，不断用形塑体现人类艺术的历史主干。而西班牙出版社的名字"争议"（Debate），则意味着我今晚讲座的"叛逆性"。（图10-3）

由于《艺术的故事》基本忽略了人类的书写传统，我就反问大家："为什么语词的作用在世界艺术史上举足轻重，不容忽视？"

图 10-3
笔者、土木和琳娜在讲座现场，幻灯片
放映为西班牙"争议"出版社 1997 年
版的《艺术的故事》封面。
张欣玮拍摄。

为了解答这个问题，我给出四个看点。

第一个看点是书法和中国文明的关系。书法不仅是人类早期文明之一，而且是汉语三千多年来一以贯之、延绵不绝的唯一范例。毋庸置言，代表中国文明的汉字书写对今天绝大多数听众来说，存在着巨大的语言障碍。撇开学界关于"书画同源"说的众多定义和质疑，我用琳娜借我的那枝羊毫笔，开始发挥：

"大家看，像这样的毛笔，在战国时代墓葬已经有出土，即使在新石器时代仰韶文化彩陶器上描绘的图案，工具也相差无几。就是这枝毛笔，演绎了几千年的中国绘画和书写的历史。语词即图像，也就是书写成为绘画，就靠这支笔来玉成。"

用图像比较来展开视觉命题是艺术史讲课的惯例。通过比较商周甲骨文和末代皇帝溥仪书写的匾额，秦始皇时代李斯的小篆和唐朝颜真卿的楷书，我向听众说明书写在中国视觉传统中至高无上的地位。

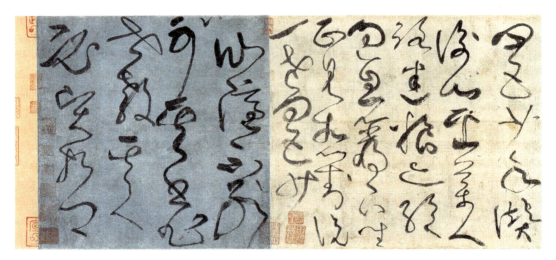

图 10-4
王羲之：《兰亭序》（神龙本），
传冯承素摹，
墨迹本，
行书，
24.5 cm×69.9 cm，
北京故宫博物院藏。

图 10-5
张旭：
《古诗四帖》（局部），
墨迹本，五色笺，
28.8 cm×192.3 cm，
辽宁省博物馆藏。

图 10-6
赵孟頫：
《秀石疏林图》并题画诗卷，
纸本墨笔，
27.5 cm×62.8 cm，
北京故宫博物院藏。

以大屏幕为背景，我手中的这支笔，帮助听众认识书写和描绘之间的相互关系。例如，东晋大画家顾恺之用"铁线描"所创的"瘦骨清像"的"密体"风格，和书圣王羲之中锋内擫用笔的古典风格相通（图10-4）。唐代大画家吴道子用"莼菜条"笔法形成"吴带当风"的"疏体"，直接得益于草圣张旭洒脱不羁的狂草书风（图10-5）。如中国艺术史之父张彦远在世界上第一部绘画通史《历代名画记》中所说："若知画有疏密二体，方可议乎画。"到元代文人画家赵孟頫的《秀石疏林图》，"写意"从水墨中独立出来，和强调形塑的努力分道扬镳。画家的题画诗（图10-6），讲得很精到："石如飞白木如籀，写竹还于八法通；若也有人能会此，方知书画本来同。"在技法的层面，赵孟頫依然把书法的运笔，作为造型的基础，成为对"语词即图像"关系的典型示范。但这两者的互相转换，使书写成了绘画的代名词。在中国的视觉叙述中，长期围绕着"写"字这个核心观念，表达"象外之意"。援书入画、从图到画的重点转移，不断发挥文人画的写意精神。

我告诉听众的下一个看点，恰恰是目前世界艺术史叙述中的一个盲点，即19世纪中西艺术发展中两个并行的巨大变化。

《艺术的故事》中所说的19世纪的"持久的革命"，包括1840年英国人和法国人分别发明摄影术后，直接冲击了西方以"形塑"为主线的绘画发展，人们从几千年来模仿物象的实践，转向认识绘画的其他功能，特别是它抽象表现的魅力。我13号早上在优雅客栈的客厅，翻阅茶几上放的意大利2010年出版的《摄影史》这部精美的大型图册。书中有1854年、1860年法国和英国摄影家在埃及哈布城和中国广州拍的两幅照片，分别为刻满象形文字的神殿（图10-7）和各处张挂市招书法的街

图 10-7
[法国] 约翰·格林
（John Beasley Greene，
1832?—1856）：
《埃及哈布城神庙
刻石文字》，
黑白摄影，
23.5 cm × 30.2 cm，
1854 年，
纽约大都会艺术博物馆藏。

图 10-8
[英国] 费利斯·比特
（Felice Beato，
1830—1906）：
《广州街头市招书法》，
黑白摄影，
约 1860 年，
伦敦维多利亚－阿尔伯特博物馆藏。

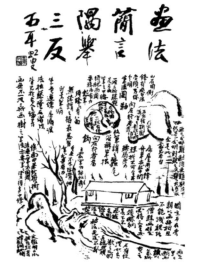

图 10-9
"兔—鸭图形"
（1892 年）
和
"图—底转换图形"
（1915 年）。

图 10-10
黄宾虹：
《太极图笔法示例》，
1943 年。

景（图10-8）。我们翻拍下来，恰好用于晚上的讲座，真是无巧不成书。

一般读者不了解的是，同在19世纪，中国的书法界也发生了一场深刻的革命，即援碑入书的金石学运动，包括用印学来丰富文人画的努力，而与摄影没有直接关系。它的意义是增补《艺术的故事》所遗漏的重要史论命题。

碑学和金石运动的蓬勃发展，形成我想强调的第三个看点，即中西现代艺术中的书法意象。

在中国，以碑学来倡导民学的黄宾虹注意到了中国画学的衰败和金石书学的兴盛之间复杂的关系。他取了金石刻写的一面，由形式到内容，继续将语词作为图像，传达出现代人的艺术观。他对墨法、笔法的提炼，最后从精神上继承发扬了19世纪中期包世臣《艺舟双楫》的碑学理念。他从世界艺术的眼光重新审视金石运动的意义，见解过人。他对点、线、面的形式认识，兼具其鲜明的个性和深刻的共性。落实在他的画面上，他对弧三角不齐之齐的审美认识，体现出深刻的心理和哲学感悟。路德维希·维特根斯坦（Ludwig Josef Johann Wittgenstein，1889—1951）对"如见"（See What）和"似见"（See As）的分野，在"兔—鸭图形"和"图—底转换图形"（图10-9）中，或者在太极图形中，具有视觉双关效应。由此可见，语词既图像的转换，建立在人们视觉感知和认知过程中，具有的一般价值。虽然黄宾虹的认识来源还有待澄清，但我们已经确知的事实表明他与格式塔心理学的创始人有间接的对话，其中和《书有风格》一书的作者德里斯珂（Lucy Driscoll，1886—1964）1939年的书信往来，直接讨论到黄宾虹的中国画"五笔"法，十分珍贵，因为随后黄宾虹就用太极图来诠释笔法（图10-10）。

说到书法用笔，还有金石用笔，如果我手头没有那支毛笔，听众是不易理解的。黄宾虹晚年最后一张作画的照片（图10-11），恰好能帮助解释其特征意义。他一生在玺印上的用力不下书画，用笔如使刀，回复到柔豪的原始——契刀。请看他的执笔运锋！90岁的老画家，持笔用逆锋，笔笔都可以收得住，每一笔画下去，如同用篆刻刀在印石上刻字，具有"金石味"，显示了气韵和内美的

图 10-11
胡一川：
《黄宾虹作画》，
黑白照片，
1955 年 2 月 4 日。

关联。黄宾虹晚年的《天台石梁图》（图10-12），刊登于1963年的《人民画报》，更是精彩的说明。视觉双关无处不在，使山水、树木、房屋、人物，都在一个艺术的结构之中，体现画家的想象力和创造才能。既像是绘画，又像是书写，把书与画高度统一在一起。加上他的印章，理想地代表了中国写意山水画的新成就，同时体现了20世纪中期世界现代艺术的整体水准，自成一格。

　　在欧美，来自中国上海的篆刻家和指墨画家滕圭（1900—1980）在美国教画家马克·托比（Mark Tobey，1890—1976）写书法，对美国的抽象表现主义运动，有直接的影响。英国的"现代艺术的斗士"赫伯特·里德（Herbert Read，1893—1968）为蒋彝《中国书法》（1954再版）和苏立文（Michael Sullivan，1916—2013）《二十世纪中国美术》（1959年）热情撰写序文，解读书法对现代艺术的重要意义。不管如何与西方艺术家互动，中国的现当代艺术家的书写实践，从建设性到破坏性，都从更高的层面，更深的含义和更广的范围，将语词即图像的传统，在世界艺术史上重新叙述，改变我们的总体认识。

　　进入当代美术，我讲了中国美术学院我所熟悉的例子。吴山专1986年的红色幽默系列《今天下午又停水》，取用了"文化大革命"期间大字报的涂鸦手段，带有鲜明的政治嘲讽色彩。随即而来，也是在"八五新潮"的冲击

图 10-12
黄宾虹：
《天台石梁图》，
纸本，
墨笔设色，
1953 年，
采自《人民画报》1963 年第 3 期。

下，邱志杰1994年的《纹身》系列，对文字与图像做了新的解读。印刷体或大字报体的"不"字的自我否定，含义丰富，可以无限展开。而他历时5年写成的《重复书写一千遍〈兰亭序〉》（图10-13），则是对中国写意传统的彻底怀疑和否定。试想，《兰亭序》的经典在于中国书圣的行书巨迹的动摇，因为它一方面最率意自然，成为无上样板，但另一方面却只存留几个摹本。依据这些摹本，建立起了一个帖学的传脉，在书法界地位崇高，似乎不可动摇。即便是包世臣这样的碑学主将，也在晚年以碑学笔法重写"二王"，以期回到经典的不二法门。邱志杰的叛逆，是拔起一棵帖学大树，将临摹的传统，用一团漆黑来讽喻。

与此同时，邱志杰更是一个建树者。他正在写的《贯通艺术》一书，和"假装书法的抽象画和像素"，包括日本的少字派行为，大唱反调。这种对终极理念的探求，在

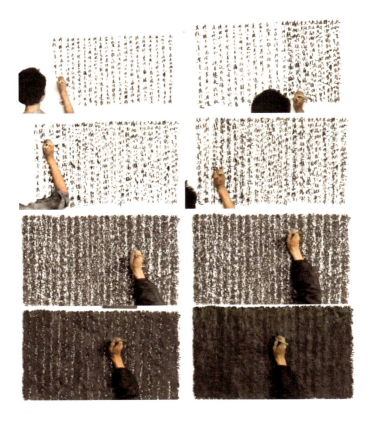

图 10-13
邱志杰：
《重复书写一千遍兰亭序》，
纸本，
1990—1995 年，
来自 http://www.qiuzhijie.com/
worksleibie/calligraphy/1990—1995%20
langtingxu/video.jpg.

图 10-14
[哥伦比亚] 安东尼奥·卡洛:
《哥伦比亚》,
50 cm × 70 cm,
石版画,
1976 年。
哥伦比亚共和国艺术收藏馆藏
(Colección de Arte del Banco de la
República)。

2000年《汉字的力量》(包括《说文解字系列》条屏)中就初露端倪,将汉字部首作为解读集体潜意识的视觉入门,由此看出一个悠久文明发展的心路历程。而进入20世纪,汉字对门捷列耶夫《元素周期表》的翻译,十分贴近物质元素的表现。这从人类的发明到造物的语言,都是精妙的表述。由此联系到信息化时代的汉字命运。电报密码和四角号码检索以及仓颉、五笔等输入汉字的体系,走的是数码化的路径。这是否标志着汉字在语词即图像转换中功能的终结?如果从邱志杰的跨媒体的行为装置看,数码化还只是手段,而不是目的。因为他所有与书写有关的近作,总能显现出一个生生不竭的活力空间。

根据这些现当代艺术中的书法意象,我可以把"语词即图像"在叙述世界艺术史时的重大意义作为最后也是最关键的看点,向听众展示。

贡布里希1950年出版《艺术的故事》,在艺术史界一举成名。同年他在伦敦大学的斯立德讲座,开场白的题目就是《图像与语词》,认为任何艺术研究,不外是这两者关系的变化,非常深刻。比之《艺术的故事》和由此发展而来的《艺术与错觉》以《纽约客》卡通画家阿兰的"埃及人体画室"强调的制像传统,有非常不同的侧重,但王海城新著中介绍古埃及的教科手册对书写至高无上的推崇,恰恰是贡布里希所完全忽略的。从世界文明史的发展看,只有在书写的主导下,制像传统才有了一个旨归。尽管世界美术史的各种叙述努力强调多元化,如贡布里希《艺术的故事》受同时代西方抽象表现主义的影响,1967

年添了后记，肯定了现代艺术和中国书画的某些相同之处。但总的来说，把语词转为形象，常常引起误解，认为书写的抽象性只是为精英阶层所享用，普通的百姓不易接受。

对此，用文字表现波普观念的现成艺术品，是一种新的尝试。例如，陈列在哥伦比亚共和国艺术收藏馆的安东尼奥·卡洛（Antonio Caro，1950—　）的作品，1970年将可口可乐（Coca Cola）商标换为哥伦比亚（Colombia）的国名（图10-14），后来又将同样的字体写法，添加在黄、蓝、红三色国旗上，因为这个视觉符号对大众来说一点都不难理解，象征一个正在"美国化"（商业化）的哥伦比亚。我回到听众更熟悉的例子，即土木和琳娜在制作《预见或预测》项目时，也留心了书写的内容，采用影像的手法，类似20世纪90年代中期邱志杰的《纹身》系列，虽然土木那时还不知道中国的当代艺术，还不知道邱志杰。令人庆幸的是，10多年后，他成了邱志杰的博士生，从更广的范围，展开关于"语词即图像"的争论。听众所不熟悉的，是土木如何通过《马孔多图》篆额，把金石学的精神，体现在视觉图像中。

在我回答了听众关于中国画画面印章等问题后、讲座结束前，莫蓝教授的发言言简意赅，声调平和。她仍用《艺术的故事》为参照，说今晚的讲座让大家重新思考超越我们所熟悉的形塑传统。

也许是在这个意义上，我意在引起争议的讲座，达到并超出了我预期的目的。

先是一位听众过来，送我两本有英文翻译的作品图录，是他最近的抽象绘画展览。我看了图录的封面，得知这位身材魁梧、充满阳刚之气的画家名叫桑地亚哥·尼诺（Santiago Parra Niño，1978—　）。他说自己一直在探索线条的表现力，今晚听讲座的过程中，他似乎已经找到了下一步摆脱形塑传统的方案（图10-15）。这种陌生人之间的相互理解，怎么不让我感到欣慰？

而就在我请画家在图册上签名留念时，琳娜把我叫过去，认识她的父亲韩伯托，得到了他那个"百万美元"的

提问,让我激动不已。的确,要是我们能把中国书写的历史和它千百种方言的互动关系做通盘考察,那将是一个多么宏大的历史文化工程!

晚饭时,玛丽亚给我国立哥伦比亚大学美术学院的感谢函,也很珍贵。值得一提的是,在她送给我的美术学院的学报《艺术状况》(*Arte Facto*)上,早在2001年第9期,就有该校豪尔赫·阿克斯塔(Jorge Acosta)教授撰写的专题论述《维特根斯坦和再现的坚实技巧》,侧重的恰好是"如见"的一面,和我关注的"似见"互为补充,相辅相成。

回到优雅客栈,内人说,今晚的讲座,感觉不同以往,给人深刻印象。我们1984年相识以来,她通常是我讲课、撰文的第一读者。我在西雅图美术馆和一些大专院校的公开演讲,只要她在场,总会提出建设性的意见和看法。从不同的反馈看,原先想以"中国话语"来介绍现当代中国艺术中的书法,放在拉美文化的语境中,就显得偏陋和狭隘了。"语词即图像",是因为现代社会看待书写的立场发生了很大的转变。到哥伦比亚之前受到现实的刺激，我把"艺术与我们不完美世界"的关系提上日程，也缩短了学校课堂和社会真实之间的联系。就像波哥大的观光线路中，有专门参观涂鸦艺术的活动，使各国游人了解来自社会底层的大众声音。我们第一天沿山路开车所见，和贫民窟的生活接近，几乎随处能碰到满墙满巷的涂鸦，不仅内容五花八门，而且色泽鲜艳出挑，手法多样，再现生活，书写口号，宣泄情绪，一应俱全。内人遭劫是波哥大日常发生的各种不幸经历之一。但假如没有这充满暴力的事件，我可能就失去了一把"奥卡姆剃刀"，在国立哥伦比亚大学的讲堂上，难以开门见山的方式，清楚讲述关于艺术创作和欣赏的一个"共同话语"。

同一天晚上，土木还收到他大学的老师迪奥斯科里德斯·佩雷斯（Dioscórides Pérez，1950—　　）教授的电邮，这位20世纪80年代中曾留学中国中央美术学院的艺术家，也来听了我的讲座，因另有安排，在问答阶段先已离开。他说讲座"带给他愉悦的回忆和新的想象力"，并附了长篇评语，继续讨论图像即语词在哥伦比亚的现实意义。因为他熟悉中文的内容，所以对琳娜的西班牙语翻译，一再给予高度的评价。

我多年来在各种场合的演讲，如2002年日本东京国立美术馆的学术会议上的英文发言通过日文同声翻译给听众，虽然也是"重译"，但都没有像这次交流引起如此强烈的听众反馈，让我十分感叹。哥伦比亚的社会，尽管问题重重，但我接触的知识阶层和普通民众，对于艺术和学术的追求，非常认真严肃，帮助了我在马尔克斯的故乡寻找马孔多。等我结束短暂的十天旅行前，由各种景观、人物和理念相互穿插所引发的灵感，激活我记忆中一幕幕难忘的影像。我对"艺术与我们不完美世界"的理解，从感性上升到理性，又从理性回到感性，步步升华。韩伯托《蜗牛计策》影片结尾时出现的诅咒涂鸦，玻利瓦尔广场上的司法宫正门入口的标语，在波哥大以外所见如同《双城记》描绘的各种纷繁复杂的社会画面，诸如此类，正是在这样的现实语境中，书写语词作为图像的强大的视觉冲击力，挑战我们重新正视世界艺术史上古老而又时新的重大命题。

后
记

和普通游记不同，这里没有特定的景点作为重点介绍；

和导览手册不同，这里没有最新的信息可供读者参考；

和文学写作不同，这里没有具体的风格能够自我界定。

来自哥伦比亚的博士生土木，在他留学英国、美国和中国期间，把他满世界寻找马孔多的所得和中国美术学院的师生分享，萌发我去马尔克斯故乡的意愿。在结束参观"化石村"等景点、离开莱瓦谷镇的路上，我和土木说，因为爱好艺术，我喜欢看外面的世界，也离不开内心的关照。之所以动笔记下十天游踪，添上插图，不是显示我有多少关于哥伦比亚的知识，而是表明我有多少对于马孔多的好奇。

因此，到哥伦比亚寻找马孔多，既是或然，也是必然。

说或然，是我到了哥伦比亚；说必然，是马孔多无所不在。

《百年孤独》是很打动我，却隔着一层间接的关系，因为不谙西班牙语，我不敢也没有资格来谈原典本身的语言魅力。而哥伦比亚也同样打动我，则是通过种种直接的交往，因为我亲身感受到了马孔多的现实人性，鲜活生动，像大自然一般，在大地上，在流水中，在空气里，既逼真，又奇幻。

我对拉美文学知之甚微，加上从来都是好读书不求甚解，即便《百年孤独》也只是浮光掠影，得一朦胧的感觉而已。

正是那样美妙的感觉，才格外令人难忘，令人流连，令人神往！我想，把书读活，而不是被书读死，不正是马尔克斯等魔幻现实主义作家对读书的莫大启示吗？无论我怎样为自己胡乱读书辩解，也不管自己对马孔多的寻找结果如何，有一点应该是不错的：那就是跟着第一感觉走。《百年孤独》把马孔多留在了我的印象中，我又把哥伦比亚还给了马孔多，由此来更好也更深刻地认同普遍的人性。

在这个意义上，我的随笔，只是有感而发，完成对一个共同在寻找马孔多的哥伦比亚友人的承诺。

[哥伦比亚] 玛丽亚娜·维雷拉（Mariana Varela 1947—　），《碎形》（局部，全图见 138—139 页），炭笔，纸本（附加树叶、手制纸、小木船等饰物），310 cm × 2660 cm，2013 年，Oscar Monsalve 摄影，玛丽亚娜·维雷拉 提供照片。

鸣 谢

一事之成，离不开众人的帮助。我这本随笔集，就是见证。

《东方早报》的黄晓峰先生最先支持初稿的写作意向，让我深受鼓舞。2016年恰逢"中拉文化交流年"，广西美术出版社的冯波副总编看过全部手稿，马上组织人员全力投入编辑工作，使这本随笔能赶在博特罗在上海中华艺术宫盛大个展结束前出版，为中国读者多方位地了解拉美，特别是哥伦比亚的文化和艺术，做了积极的贡献。

中外友人林山石、魏大巩、高宏、梅宇、高昕丹、钱艾琳、赖德霖、蔡涛、张书彬、李莉、Jocob Shaffer等对文稿和图像都提供了各种帮助和建议。初稿出来后，友人问："为什么马孔多能容纳卡夫卡？"我这才把十天所见"国家与记忆"的关系，和我出行前提出"艺术和我们不完美的世界"的关系，贯通起来思考，使我受益多多。正在研究广东纪游史料的李若晴兄，看重"为了明天的记忆"，从历史的眼光来思考寻找马孔多的初衷和目的，作为认识魔幻现实表现的长时段观察，这和拉美研究专家张森根教授强调实地考察哥伦比亚社会文化必要性的观察，经纬交错，颇具见地。郑胜天教授告知哥伦比亚艺术家阿利皮奥·哈拉米吉奥（Alipio Jaramillo，1913—1999）1952年到北京参加亚洲和太平洋区域和平代表大会的掌故，可作为考察现代两国艺术交往的一条线索。内人张欣玮从安排和落实哥伦比亚旅行，到拍摄照片、审读文稿，自始至终给予了宝贵的帮助。

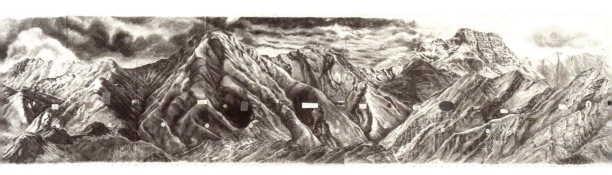

　　邱志杰兄为本书题签，使这次纪游增添一份特殊的文化内涵。

　　在核实信息、收集图片的过程中，得到了土木和相关个人、机构的多方协助，包括：Fernando Botero, Beatriz González, Urbano Ripoll, María Morán, Lina Dorado, Humberto Dorado, Santiago Cárdenas Arroyo, Nicolás Cárdenas Fisher, Santiago Parra Niño, Sergio Cabrera（李志强）, Fernando Zalamea Traba, Mariana Varela, Dioscórides Pérez, Dominique Rodríguez, Cristina Lleras, Juan Luis López, Luis Horacio López Domínguez, Juan Darío Restrepo, Daniel Castro, Samuel Monsalve, Bertha Aranguren, Sigrid Castañeda, Patricia Ávila, Beatriz Vásquez, Oscar Monsalve, Adrien Bernard, Ricardo Velásquez, Sarah González de Mojica, Inés Mojica, Rodrigo Escobar Vanegas, Fanny sanín, Mayer Sasson, 王可, 尹鹏, 袁安奇, 汪凌仙, 李秋虹, 方敏儿, 陈慰平, 中国国家博物馆, Fundación Rogelio Salmona, Banco de la República, Museo Nacional de Colombia, Museo del Oro。

　　就像我们的短暂逗留一样，离开这样特殊的文艺关系网，不用说图像和文字，就是游踪本身也没有根基的。

　　所有这些，在此一并鸣谢致意。

2016年春节于美西普吉海湾积学致远斋

图书在版编目（CIP）数据

寻找马孔多：哥伦比亚十日随笔 / 洪再新著 . 一南宁：广西美术出版社，2016.5

ISBN 978-7-5494-1563-2

Ⅰ.①寻… Ⅱ.①洪… Ⅲ.①随笔—作品集—中国—当代 Ⅳ.① I267.1

中国版本图书馆 CIP 数据核字（2016）第 075975 号

寻找马孔多：哥伦比亚十日随笔

XUNZHAO MAKONGDUO：GELUNBIYA SHIRI SUIBI

出 版 人	彭庆国
策 划	冯波
责任编辑	陈曼榕
美术编辑	陈凌 李冰
责任校对	陈小英 陈妃
审 读	林柳源
封面设计	土木 秦鑫
封面题字	邱志杰
出版发行	广西美术出版社有限公司
地 址	广西南宁市望园路 9 号
邮 编	530023
网 址	www.gxfinearts.com
电 话	0771-5701356　5701355（传真）
印 刷	深圳市新联美术印刷有限公司
开 本	787 mm × 1092 mm　1/16
印 张	9.25
版 次	2016 年 5 月第 1 版
印 次	2016 年 5 月第 1 次印刷
书 号	ISBN 978-7-5494-1563-2
定 价	39.00 元